H. J. Schiffer · *Die genetische Arche*

H. J. Schiffer

Die genetische Arche

Ein Morgen, das gestern war

Verlag Schatzkammer
Department of Languages, Linguistics, and Philosophy
University of South Dakota
414 East Clark Street
Vermillion, South Dakota 57069-2390
USA
Geschäftsleitung: Werner Kitzler
University of South Dakota

November 2004
2. Auflage
© 2004 Annette Schiffer
Umschlaggestaltung: Kay Fretwurst, Spreeau
Herstellung: Books on Demand GmbH, Norderstedt
Printed in Germany • ISBN 3-8311-4187-8

Für Annette

Vorwort

Das erste Substantiv des Bands lautet »Zeit«. Es geht in diesem gigantischen Prosagedicht bzw. poetischen Selbstgespräch denn auch um Beschreibung und Kritik unserer Zeit, d.h. unseres Zeitalters, der Jetztzeit, in die wir geraten sind. Diese Epoche steht im Zeichen – um nicht zu sagen unter dem Diktat – der Technik mit all ihren zweifelhaften Folgen.

Was der (inzwischen auch von der Kritik bemerkte) Autor vor dem Leser entstehen lässt, ist eine virtuelle Wirklichkeit, wie wir sie von Internet und Website her kennen – mit dem Unterschied, dass Schiffers virtuelle Wirklichkeit sich aus Worten zusammensetzt. Trotzdem kann diese mit Metaphernreizen gespickte Textrealität den Leser genauso in den Bann ziehen wie das Bildschirmgeflimmer des Computerzeitalters.

Auffälligstes Kennzeichen von Schiffers Opus ist seine einzigartige Vorstellungskraft, die ihre Elemente aus dem Grotesk-Abstrusen ebenso wie aus dem ungewohnt Schönen bezieht. Einzelne Szenen erinnern an das magische Theater in Hermann Hesses *Steppenwolf* und stehen im Zeichen einer visionären Literatur, die bis auf Lautréamont zurückreicht. Beinahe jeder Satz, jede Formulierung ist gekennzeichnet durch eine neue Bedeutungskombination, ein neues Sprachbild, das für sich schillert ohne gleichsam eine Erklärung mitzuliefern. Reichlich Gelegenheit also zu Provokationen und Denkspielen.

Freilich mangelt es dieser Tour de force nicht an brillanten Wendungen und aphoristischen Aperçus, etwa: »Inzwischen ist jeder nur noch so ehrlich, wie es die Schwindeleien des anderen zulassen.« »Das, was wir Existenz nennen, ist ein kurz bemessener Aufenthalt zwischen Traum und Traum.«

Worum geht es konkret? Wir treffen den an Gedächtnisverlust leidenden Ich-Erzähler Dr. Marc Stern als Patient einer Nervenklinik. Nach seiner plötzlichen Entlassung spinnt sich um ihn ein Netz obskurer Ereignisse und Intrigen. Darüber hinaus erfährt man, dass der Gelehrte an dem wissenschaftlichen Projekt »Genetische Arche« arbeitet, dem die Bausteine des Lebens zu Grunde liegen, ihre unermessliche Vielfalt und alles Wissen der Menschheit.

Es folgt eine Reihe von Begegnungen mit verschiedenen Projektteilnehmern und der Computerintelligenz »Xetex«, der die Wissenschaftler für seine Zwecke zu vereinnahmen trachtet.

Immer wieder stellt sich die Frage nach dem Wesen des Menschen im Zeitalter der computergesteuerten Reproduzierbarkeit.

Um also »dem psychedelischen Ambiente« und dem Bann einer programmierten Existenz zu entkommen, d.h. um die virtuelle Wirklichkeit als ontologische Täuschung zu entlarven, bleibt unserem faustischen Helden des Computerzeitalters kein anderer Ausweg als den Versuch zu starten, das Programm schachmatt zu setzen.

Die künstliche Intelligenz scheint von der menschlichen Gefühls- und Erlebniskraft überwunden zu werden. Im Grunde ein abendländisch humanistisches Credo, augenzwinkernd auf die ironische Formel gebracht: »Das ist der eigentliche Atem unserer Zeit, bestehend aus der Verankerung zweier Herzen und der Gewissheit, die Zeit einfangen zu können, einfach so mit endlosen Küssen und einer Hand voll Ewigkeit.«

Dennoch will die Frage nicht verhallen, wie lange wir noch fähig sind, diese Lehrbotschaft im Echotunnel des Computerzeitalters zu empfangen und zu entziffern.

Gert Niers
Ocean County College, New Jersey

KAPITEL 1

Es ist die Zeit, die in leeren Schuhen hinter mir herrennt, vielleicht ein Gespenst, wenig Greifbares, fast nichts, womit ich meine Identität wahren könnte. An einem Tag, der ohne die eigenen Füße zu laufen begann, dem alles und nichts mitspielte und eigentlich nie wirklich anwesend war, der die Anstaltsschranken nie hochzog und die Fenster stets verschlossen hielt. Ein Geschehen, das mit gefrorenen Tastaturen in die Finger ging und ungeahnte Schizophrenien in die Welt klimperte.

Vor allem aber ist es meine Geschichte, ein meuterndes Herz mit der Gesamtauflage menschlichen Irrsinns. Es ist die Ferne einer Sprache, die in mir redet, die alles herbeizitiert und gleichsam alle Realitäten auslöscht. Ziemlich akrobatisch, wenn man bedenkt, dass dem Rückgrat die Aufhängung fehlt und unter den Armen ein bedrohlicher Krückstock wächst.

Zweifelsohne habe ich mir die Partitur meiner Seele zugänglicher vorgestellt, nun aber muss ich begreifen, dass sie ihr höchstpersönliches Defizit auslebt, mir die verstimmten Saiten überlässt und die verhedderten Marionetten meines Selbst das Tanzen lehrt.

Überdies potenziere ich eine Menge biografischer Verlegenheiten. Hier und da ein bisschen Erinnerung, ein paar lebendige Knochen, vielleicht auch ein neuerliches Bewusstsein, chirurgisch genäht und wer weiß, vielleicht um der Endgültigkeit des Seins einen Schritt näher zu sein.

Und so stolziere ich durch diesen Morgen, der ein Tausendfüßler ist, hoffnungslos überanstrengt, wenig methodisch und kaum koordinierbar, eine Stadt, die alles das zu sein scheint, was ich in mir angepflanzt habe, mit Gesichtern, die windwärts geronnen sind, fahl und frostig, die gleichsam in Schablonen passen, die alles verkörpern und nichts verraten. Das Ganze dann aufgerührt zu einem schwammigen Teig aus Fleisch und Lärm, eine einzige wabbelige Masse, mit Köpfen, die Rosinenstreuseln ähneln, künstlich aufgebläht und für niemandes Anblick geschaffen.

Man definiert sich Schulter an Schulter, gibt sich aufgereiht und angepasst, durchfließt ein Netz von Röhren und Leitungen, kommuniziert mit Bits und Bytes, mit Gedankenmustern und Modulen, gefühllos strukturierten Fingern und einer Wahrheit, die schändlicher ist als jeder Irrtum. Darüber flügellose Räume, entwertet mit leeren Nestern und kohlenmonoxidgefärbten Unwiederbringlichkeiten, einem Atem, der nicht mehr verhandelbar ist und den Kunden Mensch gehörig ins Hintertreffen bringt. Kaum eine Wirklichkeit, die nicht zum Balanceakt tiefgefrorener Porzellangefühle wird. Da gibt es Vertraulichkeiten, die mit zahnharten Mundmaschinen ausgestattet sind, mit blendend weiß geschmiedeten Geschäftspraktiken, und was nicht im Angebot steht, wird ganz einfach hinzugelächelt.

Nicht eine Begehrlichkeit, die ausgelassen wird, was nicht in den Kopf passt, fällt in den Einkaufskorb, oder auch umgekehrt. Die Welt der Vermarktung ist keine Frage des Gewissens, sie ist das, worin sich unsere Träume bemessen, ganz gleich, ob die Finger dabei Krallen ausfahren und man feststellen muss, dass es Fallen gibt, die unsere eigenen Hände sind. Es ist eine Welt ohne Zuhause, der Vorgeschmack totaler Einsamkeit und die Erklärung dafür, dass die Leere dort beginnt, wo wir über das Ziel hinausschießen.

Aber so unbedeutsam sich das Leben auch im Allgemeinen präsentiert, es landet bei mir mit dem Gefühl, weitaus Schlimmeres in Erfahrung gebracht zu haben. Das, was sich in mir krümmt, ist mehr als die Frage, wer ich bin, woher ich komme, es ist der gänzliche Verlust meines Selbst, die Gesichtslosigkeit, mit der ich meine Existenz auszuleuchten versuche.

Welche Richtung ich also auch einschlage, zunächst einmal führt sie geradeaus und eigentlich nirgendwo hin. Bis zu dem Moment, da ich über meine eigenen Füße stolpere, vom Weg abkomme und zielgerichtet die nächste Tür aufsuche. Eine von vielen, wie ich zunächst denke, aber bei näherem Hinschauen finde ich mich plötzlich in einem Kabinett wachsbleicher Figuren wieder. Die Stimmen, die mir zuwinken, kleiden sich in einen samtweichen Mantel unergründlicher Trauer und Hoffnungslosigkeit, wie alles, was hier mit dem Jenseits beatmet ist und an eine schwarzseidene Todesgrotte erinnert.

Schillernde Kristallglocken kritzeln magische Zeichen über Wände und Köpfe. Dabei ist die Luft so dünn gehaucht, dass ich den Verlust meiner Identität einatmen kann. So trinke ich das düstere Leitmotiv eines Tedeums von Mozart und sehe mich Gesichtern gegenüber, deren Widerschein an dünngetropfte Weihnachtskerzen erinnern, andächtig und erwartungsvoll. Derweil ihre Konversationen derart abgenagt sind, dass sie dem Skelett, das kandiszuckern unter einem Glastisch hervorleuchtet, alle Ehre machen könnten.

»Nicht so zerfahren«, stößt mich mein Nachbar an, »in den alltäglichen Dingen liegt schon genügend Tyrannei, als dass man sich noch so künstlich aufregen müsste. Wer hierher findet, hat seine eigene Beerdigung hinter sich. Sie alle haben den Spaten der Zeit, mit dem sie an die Wurzeln des Lebens gegangen sind, schon vor einer Weile aus der Hand gelegt.«

Und noch ehe mir hierauf eine Antwort einfällt, gibt mir seine belanglose Miene zu verstehen, dass unser Gespräch damit wohl beendet ist.

Nachdem ich so allmählich meine fünf Sinne beisammen habe, die fernweltliche Schönheit hinter der Theke aus Grabsteinen zur Andacht meiner Begehrlichkeit wird, bemerke ich, dass ich einer lebenden Begräbnisstätte auf der Spur bin. Wobei die Bußwilligkeit in mir den Engel leuchten sieht, dem ich jegliches Gebet bedingungslos anvertrauen würde. Selten sah ich eine faszinierendere Gestalt. Ihre Figur verkörpert beinahe alles, was man braucht, um ins Jenseits abzuheben und ihre Haut ist mit

Träumen ausgepudert, die den Tod nicht beschaulicher machen könnten.

Und so finde ich dann schneller zu den Annalen meines Selbst, als ich das noch mit mir ausmachen kann. Hofiere die Ausweglosigkeit und idealisiere das Unantastbare, jedenfalls augenscheinlich und solange ich mir nicht sicher bin, den weihevoll geschmückten Tannenbaum in mir versehentlich in Brand zu stecken. Widme mich den Kranzschleifen, welche die Wände zieren, vertiefe mich in ihre Inschriften und wähle den Cocktail, der dem sterblichen Ambiente am nächsten kommt. Auch wenn er wie hier in einem kristallenen Totenkopf gereicht wird und zuweilen ein bisschen zu viel des Guten transportiert.

Draußen angekommen ist alles wie schon immer, die Luft türmt sich wie eine Wand vor mir auf, ist schwül und muffig und scheint nicht gewillt zu sein, den Wind zur Eile zu mahnen. Der Himmel schleppt zwar trächtige Wolken heran, belässt es aber zuweilen bei dieser drohenden Gebärde.

Und so ächzt diese Stadt wie ein gespenstischer Moloch, erstarrt in einem Albtraum aus Staub und Lärm und was nicht geht, findet ganz einfach nicht statt. Wenn sich dann überhaupt noch etwas ändern ließe. Das feine Leben hat sich hier bereits vor einer Weile verabschiedet und wo einstmals die Hautecouture zu Hause war, die Straßen die längsten Beine und schönsten Kleider spazieren führten, findet sich eine Gesellschaft wieder, die alles zur Show stellt, was dem persönlichen Fernsein am nächsten kommt. Kaum etwas, das nicht die Eintönigkeit auslebt und von Überflüssigkeiten getragen wird. Zur augenblicklichen Poesie gehört es, sich zu langweilen, cool und überdrüssig zu erscheinen. Mode ist, was alle anderen auch tragen, ein Spiegelbild der Nutzlosigkeit und für jedes Schaufenster geschaffen.

Aber wie sich diese Entwicklung auch erklären lässt, für mich kommt sie plötzlich und nicht nachvollziehbar, fast metamorphisch, so als hätte sich der Schmetterling zurück in eine Raupe verwandelt. Derweil er die Schönheit dieser Welt mitnahm, die Farbenpracht vertilgte und alles das, was sich einstmals mit der Leichtigkeit des Fliegens bemessen ließ, sich nunmehr mit schleppenden und kriechenden Füßen unter Beweis stellen muss. Aber wie gesagt, das Schicksal nimmt nichts, was nicht schon vorher existierte.

Als ich so die Straßen zwischen den Häuserzeilen aufrolle, die Kümmernisse meiner Identität ins Schwitzen bringe, laufe ich auf eine Menschenpalisade zu, fein säuberlich ausgerichtete Pfähle, die angewurzelt in den Himmel starren, vielleicht auch, um den Schrecken in ihren Gliedern zu disziplinieren. Zur Attraktion selbst wäre zu sagen, dass jemand mit segnenden Händen das Dach eines Hochhauses schmückt und seinen Tod durch einen Sprung in die Tiefe neurotischer Wertlosigkeit zu verkünden trachtet. Möglicherweise sieht das Volk in ihm aber auch den Messias, den Auserwählten, der die Schuld dieser Welt zu seinem persönlichen Geständnis macht. Und da sich niemand dieser Läuterung entziehen möchte, verharren sie höchst ungeduldig darin, wie sich die Vorsehung bewahrheiten wird. Schließlich vermögen die Menschen zwar ihr Leben auszulöschen, nicht aber ihre Taten.

Was mich dann auch dazu animiert, dem Delinquenten der himmlischen Pforte bei seinem Vorhaben Gesellschaft zu leisten. Eile zum Aufzug, genieße es, wie sich das Universum über mir öffnet, Tod und Teufel in mir Flügel bekommen und errechne mir, im Sinne verwandter Idiotien, einen verständnisvollen Partner vorzufinden. Und weiß Gott, wenn nicht, würde mich das nicht sonderlich stören. Was er zu tun gedenkt, habe ich längst in Aussicht gestellt, und was er zu Ende bringen möchte, steht mir längst schon ins Gedächtnis geschrieben.

Und so stürme ich an seine Seite, packe ihn spontan bei der Hand und springe mit ihm in die Tiefe, möglicherweise auch in den Hades, so genau wollte ich das eigentlich nie wissen. Aber ob Himmel oder Hölle, zunächst einmal sehe ich mich sanft aufgefangen, verwette meinen Kopf, von Engeln umringt zu sein und huldige dem Umstand, ohne leiden zu müssen, aufgefangen und befreit zu werden.

Später allerdings bemerke ich, dass ich dieses Gefühl dem lebenserhaltenden Prinzip eines Sprungtuches zu verdanken habe. Derweil die Enttäuschung allseits gewährleistet ist und das Publikum frustriert den Applaus verweigert. Wobei mein Nachbar mit schändlichem Gebrüll zu erkennen gibt, dass er wohl alles nicht so gemeint hat, und dass dies der Augenblick sein muss, mich aus der Verantwortung zu ziehen. Schließlich und endlich hört die Selbstlosigkeit dort auf, wo die Blamage Einzug hält.

Als dann die Gemeinde, einer Horde von Teichhühnern gleich, in den Alltag zurückwatschelt, die Feuerwehr die gespannte Muskulatur ihrer Arme triumphierend ausschüttelt, suche ich die nächste Häuserecke auf und verlasse so schnell es die Sohlen hergeben das hiesige Terrain. Wenngleich der Wegweiser in mir nicht unbedingt verrät, wo es denn eigentlich hingehen soll, jeder Ort könnte gemeint sein, jede neue Dummheit und alles andere, wenn es nur verrückt genug ist, mich als Spukgestalt zu erhalten. Das, was in mir zuweilen aufkocht, ist ein Hochofen nicht identifizierbarer Gefühle, vielleicht sogar, um das letzte bisschen Persönlichkeit in mir zum Schmelzen zu bringen.

Dennoch halte ich Schritt, steige durch die offenen Wunden meiner Nachdenklichkeit und nehme in Kauf, dass ich durch ein weiteres zeitloses Leck gestoßen werde. Bemerke, wie ein eisiger Wind mein geistiges Magma aufwirbelt, mein Selbst zur Töpferscheibe Schwindel erregender Verformbarkeit wird, mit unzähligen Fingern zu kneten beginnt, mich zerquirlt, verwirft und mit tausend Deutungen behaftet, in einen Klumpen Fleisch verwandelt.

Dies ist die eine Tür meiner inneren Zerrissenheit, ein Fledermausdasein, blindgeschwärzt und ohne Zugang zu dem, was ich bin. Die andere, die sich gegen meine Sinne errichtet hat, die einherpendelt zwischen nichts und allem, schimärenhaft ausgeleuchtet ist und mit Figuren zu tanzen beginnt, die jedem Geisterkabinett standhalten können. Das ist die eigentliche

Maskerade meines Ichs, ein verschrecktes Gespenst, das zum Gondoliere seines ureigensten Schattens wird.

Und es ist längst nicht alles, womit sich das Gefieder meiner Seele vollsaugt, augenblicklich sehe ich mich einer Zeitwunde gegenüber, die mein Herz ist, Türen, hinter denen sich Räume öffnen und eine Hand voll Leben in mein Bewusstsein projizieren. Eine Stimme, die aus dem Nichts hervorgeht, mich zu sich bittet und im nächsten Augenblick zu einem Atoll nackter Verführbarkeit wird, sich verwandelt in einen einzigen Blütentraum, voller Stolz und mitreißender Schönheit.

Überdies bleibt die Frage, wie bin ich hierher gelangt und welche Gemeinsamkeiten lassen sich erklären. Vielleicht befinde ich mich ja auch in einem Parallelraum meines Bewusstseins, zwischen Trugbildern und Halluzinationen, einer Welt seelischer Transformationen, zwischen Sein und Schein. Gegebenenfalls ist es die Wiederkehr von Gefühlen, etwas, das sich erinnert, um sich meiner Anwesenheit zu versichern, eventuell sogar im Bestreben, mein Selbst zu erhellen.

Gewiss könnte auch alles anders sein, möglicherweise sogar ein Wunschtraum. Und dennoch, Illusionen, die mit der Sinnlichkeit brennender Lippen kommen, einer Haut, die den Duft der Wahrheit trägt, zu einem kilometerlangen Strand von Umarmungen werden, mit morgenfrischen Hüften und weißzarten Wolkenbrüsten, wie sollte man sie erfinden können? Wenn es etwas zwischen Mund und Stimme gibt, das nicht lügen kann, dann muss es mit dieser Art von Sehnsucht verknüpft sein, etwas, das mir das Leben näher bringt, Zentimeter um Zentimeter, Zärtlichkeit um Zärtlichkeit.

Plötzlich werde ich zu einer Hand, die mit mir Empfindungen austauscht, einer Stirn, die mit mir zu reden und zu denken beginnt, mich zu einem Teil dessen werden lässt, was sich hier und jetzt als zauberhaftes Geschöpf vor mir ausrollt, das sich meiner Sinne annimmt und mich zum Blick ihrer Augen macht, zu einem Antlitz, in dem ich mich widerspiegele, mit dem Licht puren Daseins, mit Tränen, die sich auf ihren Wangen versilbern und die Zeit stillstehen lassen.

Überdies bin ich dann auch der Schrei tausender Kormorane, ein aufgeschrecktes Herz, das mich aufhorchen lässt, meine Niederlagen enträtselt und die vage Identität in mir aus den Händen zu picken scheint. Das unbändige Verlangen, das alle meine Pulse öffnet und meinen Schatten einfärbt, das mich einbündelt in ein Meer feuriger Mohnblumen, vielleicht auch, um den Todesacker neu zu bestellen, vielleicht sogar, um mich neu entstehen zu lassen, mein Selbst, meine Geneigtheit und meine Seele. Und es ist, als würde mich die Feder meiner Gedanken auflesen und mit mir zu schreiben beginnen, mit einer Art von Wirklichkeit, die Mission und Messopfer zugleich ist, mit einer Art zu leben und einer Art zu sterben.

KAPITEL 2

Das Talent, gegen die eigene Natur zu handeln, wird nur noch durch das Talent übertroffen, sie einfach gewähren zu lassen. Derweil mir wohl beides an die Hand gegeben ist. Jedenfalls scheint alles dazu angetan, dem Idioten in mir den Vorzug einzuräumen. Zuweilen mit der unausweichlichen Tatsache, Insasse einer Irrenanstalt zu sein.

Und so eile ich der Vision dieses Geisterschlosses entgegen, haste von Anklage zu Anklage, verheirate mich mit tausend Ausreden und einem Gewissen, dem nur eines sicher erscheint, dass zwar alles möglich, aber nichts erklärbar ist.

»Sie bringen sich noch um Kopf und Kragen«, empfiehlt sich der hiesige Wächter, »die Musik findet hier statt und nicht anderswo, diese Spielregeln sollten Sie schon beachten. Hier zählt, was man verspricht und nicht, was man daraus macht. Pünktlichkeit, sollten Sie wissen, ist der Garant für jeden weiteren Freigang.«

Schlägt seine Kladde auf, sucht den letzten Eintrag und wagt die Prognose, dass ich mir damit wohl ein neues Problem eingehandelt hätte. Gleitet mit seinem Stift entlang der Lanzenreihe des Tores, würdigt seinen heroischen Klang und deutet an, dass es die Welt davor und dahinter gibt, und dass es an der Zeit wäre, mir dies begreiflich zu machen. Streift abermals über die Saiten der Speere und fügt an, dass ich mir den Weg nach draußen nur mit eiserner Disziplin erkämpfen könne.

»Wie wäre es«, halte ich aufrecht, »Sie würden Tinte und Feder zugunsten dieser Predigt beiseite legen. Dankbarkeit ist die Triebfeder jeder weiteren Erkenntnis.«

»Sehen Sie«, bleibt er hartnäckig, »am Anfang steht der Job und ganz hintenan der Mensch.« Zudem würde jeder jeden überwachen, und wenn nicht die Kollegen, dann die Eulen hinter den Fenstern, damit müsse ich schon leben. Wäre ich nicht hier, hätte ich diese Schwierigkeiten nicht.

»Vielleicht auch nicht die anderen«, gebe ich mich nachdenklich, »jedenfalls möchte ich dies nicht ausschließen. Erst einmal in der Wüste gestrandet, muss man mit den Kamelen rechnen.«

»Nun könnte ich natürlich den Eintrag etwas gefälliger gestalten«, sucht er sein Gewissen auf, rät mir allerdings, dieses Angebot nicht an die Glocke zu hängen, der Betrag sei ohne Gewähr und jederzeit revidierbar. Zieht den Frust ins Kalkül, von dem hier jeder befallen wäre und erklärt, dass er sich manchmal nicht mehr sicher sei, wer mehr bestraft ist, die Patienten oder die Wärter. Kommt auf die Klinikhyäne zu sprechen, die seine frisch getünchten Wände wieder einmal mit ihrem Menstruationsblut beschmierte und verteufelt ihren vermeintlichen Lover, der nichts Eiligeres im Sinn hatte, dies alles wieder herunterzupinkeln.

»Es ist die besondere Art zu zeigen«, halte ich fest, »dass wieder einmal ein Monat vergangen ist und sich nichts verändert hat. Nicht unbedingt erbaulich, aber auch nicht erstaunlich. Es ist das Resultat einer vernichtenden Palette von Tranquilizern und Erinnerungsvernichtern, morgens grün, abends rot und alle Farben, die dazwischen liegen. Kaum verwunderlich also, wenn man das Leben dabei aus den Augen verliert und zum Zaungast seiner eigenen Person wird.«

»Was für ein Mumpitz«, keift mich aus dem Hintergrund eine Pflegerin an, »was wissen Sie schon, wer Sie sind, Sie kennen nicht einmal Ihren Namen.« Bläst ihr erhitztes Antlitz zur Größe einer Martinsfackel auf, beschwört die Erfolgsquoten dieser Anstalt, gibt den Zentnern Muscheln ihres Körpers die Beschaulichkeit eines Meermonsters, schiebt eine Fleischwelle nach der anderen vom Bauch zum Kinn und Kinn zum Bauch und diktiert ihren kleinen listigen Augen die Gefährlichkeit von Bunkerschlitzen, bisweilen sogar mit der Bitternis beider Weltkriege.

»Die einen haben keinen Namen«, erwidere ich, »und die anderen keinen Verstand, worin besteht da der Unterschied.

Schauen Sie«, suche ich ihre Wut auf, »in meinen Händen krabbeln unzählige Kakerlaken und in meinen Klamotten geht der Geruch leergeplünderter Friedhöfe umher. Ich bin es«, zupfe ich an ihren Nerven, »vor dem man die Türen doppelt verschließen muss. Ich bin der Auswurf gesäuerten Fleisches, jene angeschwemmte Fäulnis seelischen Unrats, der Gestank einer menschlichen Müllkippe, der rückhaltlos auf seine Umgebung einschlägt. Ein lebender Schatten, der einhergeht, den anderen das Licht auszupusten. Schauen Sie, gleich stürzt er sich auf seine Beute, reißt Stück für Stück aus dem Gedärm aufgewärmten Daseins. Es gibt niemanden, der mich nicht fürchten muss. Ich, der den Tod getötet hat, liebe es, mich mit der Unwirklichkeit von Gespenstern zu umgeben.«

Befehlige meinen Körper in die Haltung eines Laubfroschs, tanze den Sirtaki meines Lebens, beichte, dass ich den Mond da draußen soeben mit meinem Rasiermesser enthäutet hätte und konstatiere, dass ich der Prototyp einer Schlange sei, die mit Vorliebe unter die Kleider anderer Leute geht und sich in allem festbeißt, was nach Lust und Vermehrung schmeckt. Setze meine Blicke nadelspitz auf die Knospen ihrer riesigen Brüste, ziehe meine Zunge bis zum Kinn hin und genieße, wie es sie an die Decke hebt, sie sich unzählige Löcher schlägt, ihr Atem zu pfeifen beginnt und es sie, wie vor eine Schleuder gespannt, in die Dunkelheit hinauswirft.

»Gott war das echt«, staunt der Wächter, »wie ein führerloser Helikopter schraubte es sie hoch, verdammt echt. Sie haben diesem Drachen ganz schön eingeheizt.«

»Nehmen Sie es leicht«, wende ich ein, »so lange es Köpfe gibt, die wirr genug sind, an Geister zu glauben, so lange wird es spuken.«

»Und was wäre«, hält er mir entgegen, »wenn sie schneller Gestalt annehmen würden, als Sie verkraften können?« Ihm jedenfalls lägen eine Menge Beispiele vor, die gruseliger seien als ein wachgewordener Friedhof. Sein Rat wäre es also, mich etwas bedeckter zu halten, wollte ich meine therapeutische Aktenlage nicht zu meinem Testament machen.

»Wer will schon das Schlimmste befürchten«, zeige ich mich geneigt, meinem Gesprächspartner etwas von seiner ursprünglichen Laune zu belassen. »Die meisten Dummheiten sind nur deshalb so anhänglich, weil man sie zu ernst nimmt.«

»Vielleicht haben Sie Recht«, entgegnet er, »vielleicht aber auch nicht, ich habe sie kommen und gehen sehen. Jene, die sich zunächst gegen den Gedanken sträubten, verrückt zu sein, gingen schon nach ein paar Wochen guten Zuredens mit dieser Tatsache hausieren.«

Eine Aussage, die mich ähnlich einer Drehtür durchwirbelt und nicht unbedingt zu einem klaren Durchblick animiert. Es ist, als würde ich im unpassendsten Moment zwischen Ein- und Ausgang verloren gehen. Dennoch bedanke ich mich für seine netten Worte und gebe mich der Hoffnung hin, diesen Chor der Nachtigallen bald schon durch ein mir genehmeres Ensemble eintauschen zu können.

Inzwischen ist es Tag geworden, die Dämmerung hat meinen Schatten eingeholt, und ich spüre, wie der Wind mich aufliest, mit einer Hand voll Licht erneuert und die sterblichen Reste der Nacht unter den dürren Gebeinen eines Wacholderbeerbaumes einzuscharren beginnt.

Dieser Augenblick ist es dann auch, der die Gestalt Dr. Moorlands freigibt, jenes neurotisch fixierte Genie, das die Grundbestände einer menschlichen Seele auf den Inhalt einer Aktentasche zu dezimieren versteht. Eine Figur, die an die Stummfilmzeit erinnert, flach und dimensionslos, mit übertriebenen Gesten und Bewegungen. Seine Stimme, eine wackelige Sprungfeder, eingesessen von der eigenen schwergewichtigen Eitelkeit.

»Wie gefällt Ihnen dieser Morgen«, verkündet er mit prophetischem Vergnügen, so als wolle er den Wetterbericht in die Nachrichten einbringen. Schlägt mit der Tageszeitung ein paar Fragezeichen in die Luft und meint, dass es zwischen hier und heute Dinge gäbe, die wie Entlassungspapiere aussähen. Bemerkt, dass ihm diese Entscheidung selbst etwas befremdlich vorkäme und fügt entschuldigend hinzu, dass das Leben ausgesprochen langweilig wäre, würde man ausschließlich der Logik entsprechend handeln.

»Aber das haben Sie nicht dem Boulevardblatt entnommen«, möchte ich wissen.

»Sie sollten nicht so kleinlich sein«, erwidert er, »die Gazetten sind mit Schimpf und Schande groß geworden, mit mehr und minder beeindruckenden Qualitäten, insofern ist jede Meldung gut genug, um daran zu verzweifeln. Manchmal genügt bereits ein Schnappschuss ins Blaue, um eine Lawine ins Rollen zu bringen.«

Kommt auf meine artistische Einlage von gestern zu sprechen und meint, dass ich mit derartigen Glanzleistungen in einem Zirkus besser aufgehoben wäre als in der Nervenklinik. Bittet mich, den heutigen Tag als Geschenk zu betrachten und rät mir, seine Großzügigkeit nicht mit weiteren Extravaganzen zu strapazieren. Dreht auf seinen Absätzen eine knirschende Pirouette, geht in das gleißende Licht von Marmorstufen und verschwindet, als sei er nie wirklich in Erscheinung getreten.

Es gibt Visionen, mit denen man Leichen einbalsamieren kann, diese jedoch kommt mit dem Flair eines Meisterchirurgen, ist messerscharf gewetzt und kaum dazu ausersehen, sich näher damit zu beschäftigen. Wie immer also die Beweggründe geartet sein mögen, ich sollte die Gelegenheit nützen, um die Tür zu einer anderen Zeit hin zu öffnen, selbst auf den Verdacht hin, dass meine Freilassung nur eine Sanduhr sein könnte und darauf abzielt, abermals auf den Kopf gestellt zu werden.

Doch wer zwischen Frühstück und aufgeblätterter Tageszeitung belohnt wird, sollte keine Beweisaufnahme jener Artikel anstreben, denen man, wie immer sie auch verfasst sein mögen, nur dankbar sein kann. Wichtiger erscheint es mir da schon, den wiedergewonnenen Tag an die Hand zu nehmen, ihn mit der grellen Wunde des Himmels zu versöhnen und mit neuen, gänzlich unbespielten Karten aufzumischen.

Also fliege ich mit eingezogenen Krallen und einer Menge Ameisen im Bauch auf direktem Weg nach draußen.

KAPITEL 3

Obwohl ich meiner Bestimmung ein Stückchen näher gerückt bin, sind meine Augen von innen her mit schwarzem Licht erfüllt. Mein Körper ist eine hohle Hand, die nichts zu veräußern hat und eigentlich nur dumm herunterhängt. Die Gestalt, die ich spazieren führe, scheint in den Lärm des Schweigens zurückgekehrt zu sein. So stolpere ich umher zwischen nicht vorhandenen Tatbeständen und der Überlegung, worin die Löcher bestehen könnten, die mich meiner Wirklichkeit beraubten und ins Nichts beförderten.

Gedanken, die nicht unbedingt dazu auserkoren sind, meine Beine über den Sumpf von Schwermütigkeiten hinwegzubringen. Dennoch geschieht es mir, dass ich dem Straßennetz von Grübeleien eine bestimmte Richtung abtrotze, die zu meiner Verblüffung unmittelbar zum elterlichen Haus führt. Offensichtlich bin ich in der Lage, den Abstand zwischen den Begebenheiten von gestern und der Überraschung von heute um ein paar Glaubwürdigkeiten zu verkürzen.

Bisweilen gelingt es mir sogar, mich der Hausnummer zu besinnen, den Schlüssel seinem Versteck zu entlocken und in gewohnter Manier den Maulring des Löwen zweimal gegen den Messingknauf zu schlagen. In den Wohngemächern angekommen, verweile ich zunächst mit dem, was meine Augen der trockenen Helligkeit aus Staub und Spinnweben abgewinnen können, wobei ich sehr bald mit dem Gefühl konfrontiert werde, dass hier etwas Schreckliches geschehen sein muss. Nichts, was sich mit der Wärme des Lebens präsentiert, niemand, der mir entgegenkommt, mich umarmt oder meine zu seltenen Besuche in Rechnung stellt.

Dies ist nicht meine gewohnte Umgebung, es ist ein zeitloses Leck mit Räumlichkeiten, in die man hineinfällt, ohne irgendwo anzukommen, der sonderbare Glanz der Farbe, mit der die Welt zu sterben beginnt und ihre Existenz bedroht ist.

In den ehemals aderblauen Gewässern des Teppichs zerfließt das letzte bisschen Vorhandensein, zerteilt sich das Licht mit betretenem Schweigen. Die Fracht der Leere liegt wie Schneckenspuren über Leuchtern und Obstschalen. Die Fenster von Tränen des Regens bekritzelt, und in den Vorhängen baumelt die Zeit mit der Last von Bleigewichten.

Kaum etwas, das nicht dem Bann des Todes ausgesetzt ist, lediglich die Figuren des Schachspiels scheinen noch in Bewegung zu sein. So runzelt die Stirn der Könige ein wenig von dem, was sich hier abgespielt haben könnte. Die Tabakspfeife neben den geschlagenen Bauern liegt so da, als stünde sie noch in der Glut, als wäre dieses Spiel verloren gegangen, noch ehe es beendet wurde.

Während ich so mit den Irritationen von Ahnungen behaftet in das Libretto vieler Möglichkeiten einzudringen versuche, entblättert sich vor meinen Augen ein Bilderbuch verrücktester Geschichten. Mit einem Male werden Schatten zu Figuren und Figuren zu Schatten. Da erinnere ich mich jener Diskussionen, die dem Kamin höllisches Feuer gaben, den Problemen rote Wangen und dem Gewissen die Last neuer Denkmodelle, aber auch die Befürchtung, nie ehrlich genug damit umgegangen zu sein.

Es waren die Stunden, als man mit Holzscheiten den inneren Frust zudeckte, die Gesichter feuerbeschienen durch das winterliche Tor gingen. Und es war die Zeit, da sich der Brunnen hinter unserem Haus mit Sternen auffüllte, sich in den Spinnenzwirnen Lichtkristalle verfingen und fernweltliche Gesänge anstimmten, der Blick des Weltalls von Zinne zu Zinne sprang und in den Schindeln frostiger Nächte sich ein Meer von Sonnenblumen entzündete.

Sicherlich gab es auch die andere Wirklichkeit, die aus den Schienen sprang und Träume entzauberte, sich mit Systemen von Utopien schmückte, mit wetterfühligen Windrädern, kosmischen Regenbögen, Zwitterfleisch und Ektoplasma, mit Kriegsgeschichten und geschichtlichen Kriegen. Nichts, was nicht dazu angetan war, miteinander zu plaudern. Vorneweg stand die Wagnis der Begegnung mit sich selbst, das Interesse, mehr über sich in Erfahrung zu bringen, als man hinlänglich zu wissen glaubte.

Im Augenblick sitze ich einer Qualle auf, die mit allen Wassern gewaschen ist und den Durchblick zur Leere ihres Körpers gemacht hat, sich darin auszeichnet, sich gänzlich zu entmaterialisieren und eigentlich alles das darstellt, was hier und jetzt wieder einmal ins Nirwana von Tagträumen abrutscht. Dies alles macht deutlich, dass ich meine Präsenz nicht so einfach über die Luft einatmen kann und mit jedem Gedanken an die Vergangenheit sich das Vakuum in mir nur verstärkt.

Dennoch glaube ich, etwas in mir wachgerüttelt zu haben, zu wenig vielleicht, um herauszufinden, womit ich mir meine Amnesie eingehandelt habe, zu viel, um nicht mit neuen Ängsten ins Gespräch zu kommen.

Und also traktiere ich das unaufgeräumte Universum meines Schädels mit den wahren Schauerlichkeiten dieser Welt, mit planmäßigen Verwüstungen und der beklemmenden Verdrossenheit, dass es nichts Faszinierenderes gibt als das Chaos selbst. Zeitweilig gelingt es mir dann auch die Dussligkeit zum Prinzip meines Denkens zu erheben. Was ich nicht bin, belastet mich nicht, ähnlich der Wirkung einer Droge, die aus einer Ratte ein Chamäleon macht. Man lebt mit der Kopie seiner Persönlichkeit, einer Tarnfarbe, die Fragen unnötig erscheinen lässt und Antworten ins Leere schreibt. Es ist der Augenblick aller Nichtigkeiten, jene verlorenen Stunden, da ich die scheinbaren Dinge aus ihrem Zusammenhang bringen und zum eifrigsten Emigranten meines Selbst werde. Nicht zuletzt ist es der Moment, da ich meiner eigenen Biografie überdrüssig bin und die Zeit mit der Langeweile stoischer Gedächtnislücken ins Rennen schicke.

Irgendwo an diesen Nahtstellen kommt der heutige Tag ins Schwitzen. Kaum habe ich den einen Kriegsschauplatz verlassen, stehe ich einem anderen gegenüber. Figurativ betrachtet, in

Gestalt uniformierter Gäste, die keinen Zweifel aufkommen lassen, ihre Absichten, wenn nötig, mit Gewalt durch die Tür zu bringen. So stehen sie da wie blühende Kakteen, mit stacheligem Grinsen und der spröden Blasiertheit, den Kindergarten für Erwachsene soeben neu erfunden zu haben.

Im Grunde ist also alles dazu ausersehen, die Schubfächer meiner inneren Unordnung mit immer neuen Überraschungen voll zu stopfen. Kaum eine Begebenheit, die nicht mit der Lächerlichkeit Schritt hält. Was sich hier ereignet, ähnelt einer hausinternen Wildwestshow. Die Akteure breitschultrig und mit tiefhängenden Colts, als seien ihnen Rasierklingen unter den Armen gewachsen. So stehen sie da, als wäre es kurz vor »Zwölf Uhr Mittags« und Gary Cooper würde mich zum Duell fordern. Aber das nur zu meiner beispiellosen Fantasie, die Wirklichkeit sieht um einiges imposanter aus.

Auf meine Frage dann, welches Kapitel abenteuerlicher Hiobsbotschaften sie aufzuschlagen gedenken, profiliert sich der Mann der Mitte mit der Feststellung, dass ihr Erscheinen grundsätzlich im Zusammenhang mit einem Verbrechen zu sehen sei. Hält mir eine Dienstmarke unter die Nase und erklärt, dass ich gut beraten wäre, von nun an meinen Verstand zu gebrauchen. Wedelt mit einer Boulevardzeitung in der Luft herum und erklärt, dass mein Fall bereits die Schlagzeilen erreicht hätte, mit ausführlichen Details und grässlichen Fotos. Falls also mein Gedächtnis nicht so funktionieren sollte, wie sie es sich vorstellten, ließe sich daraus zitieren.

»Nun muss man nicht gleich zum Täter avancieren, weil etwas in der Presse steht«, erwidere ich, »die meisten dieser Probleme sehen nun mal so aus, als könnten sie jedem widerfahren.«

Worte, die nicht unbedingt ihre Zustimmung finden und zu der Bemerkung veranlassen, dass sie mein Erinnerungsvermögen nicht zuletzt über die Karteikarten meines Klinikaufenthaltes freier machen könnten. So habe zum Beispiel eine Pflegerin von einer menschlichen Katastrophe gesprochen, von einem Kakerlakentrauma und der Besessenheit, den Mond mit einem Rasiermesser enthäuten zu müssen.

»Aber dies steht nicht in diesem Artikel«, zeige ich mich interessiert.

»Dennoch reicht es aus, sich ein Bild von Ihnen zu machen«, zeigt man sich überzeugt, wenngleich das vorhandene Beweismaterial sicherlich genügen würde, mich auf die Größe einer Briefmarke zu schrumpfen.

Und da niemand so ausschaut, als wüssten sie nicht worüber sie reden, stehe ich augenblicklich in der Bedrohung, den Treibsand abermals kopfüber zu meinem Schicksal zu machen. Derweil ich mir sogar ausrechnen könnte, ihn eigenhändig durch das Sieb meiner Dummheiten geschickt zu haben.

Ein paar unbedachte Geschwätzigkeiten hier, die entsprechenden Zeitungsartikel dort und das Evangelium betet sich ähnlich einer Grabpredigt. Und nicht nur das, inzwischen beschleicht mich das taube Gefühl, mein Gedächtnis hätte eine besondere Vorliebe zu Maulwurfshügel entwickelt, kaum habe ich die eine Ruine aufgeworfen, ist die andere bereits in Arbeit.

»Jemand, der das Morddezernat zu seiner Lebensaufgabe gemacht hat«, strecke ich mich an die Decke, »sollte wissen, dass er eine Menge von dem abstreichen muss, was so allgemein dahergeredet wird. Wollten Sie der Wahrheit näher kommen, dürften Sie sich nicht durch die Fassaden fadenscheiniger Hypothesen beeindrucken lassen. Die meisten Gerüchte«, gebe ich zu verstehen, »sind zwischen Tür und Angel in den Windzug geraten, ohne dass sie jemals wieder eingefangen werden konnten. So betrachtet, sollten wir das Gespräch ins Haus verlegen, es schadet weder der Gesinnung noch dem Anstand.«

»Schon eigenartig«, kommt jemand ins Grübeln, »wie verrückt das Leben doch mitspielt, wenn der Ball mit dem verkehrten Fuß getreten wird, wenn der Kopf anders denkt und die Koordination flöten geht. Da steht einer ganz oben auf der Karriereleiter und mit einem Male rutscht er zwischen die Sprossen, ein Tempo, mit dem man jeder Photonenrakete Konkurrenz machen könnte.«

Führt überdies den tödlichen Unfall meiner Eltern auf und erklärt, dass es auch hier die wüstesten Spekulationen gab. So habe man sich mit Beweismaterialien herumschlagen müssen, die sich derart auftürmten, dass die Akten schon nach kurzer Zeit von allein zusammenfielen.

»Es gab mehr als genügend Aussagen und unendlich viele Hinweise«, weiß jemand zu berichten, »manche sogar dergestalt, dass man annehmen konnte, die Zeugen hätten das Geschehen selbst mitgeschrieben.«

Greift zu einem Buch, das vor ihm auf dem Tisch liegt, blättert sich bis zur Titelseite vor und fragt, ob dies meine textliche Lebensbeichte wäre. Dreht und wendet den Schinken, zitiert die Überschrift *Die genetische Arche* und überlegt, inwieweit dies etwas damit zu tun hätte, Steine zum Sprechen zu bringen.

Obwohl ich nun zum ersten Male etwas Näheres über die Dinge in Erfahrung bringe, die sich in unserem Hause abgespielt haben könnten und mein Herz sich mit riesigen Paukenschlägen von meinem Körper zu befreien versucht, bemühe ich mich um eine angemessene Antwort. Was immer ich sage ist besser als zugeben zu müssen, die Erinnerung eingebüßt zu haben.

»Die Ordnung der Gene«, führe ich auf, »bespielt sich gleich einer Pianoklaviatur mit der Genialität einer Mozart'schen Komposition, in der jede Note seine Berechtigung hat, keine zu viel und keine zu wenig. Dennoch kann man sie so oder anders interpretieren, ihre Thematik lässt sich verändern und facettenreich durchstylen.«

»Sie meinen«, zeigt man sich interessiert, »dass die Natur den Tag der Sterblichkeit mit eingeplant hat, Sie ihn aber neu datieren könnten?«

»Das Leben«, halte ich fest, »hat den Atem der Zeit zu kurz bemessen, als dass es sich genügend verständlich erweisen könnte.«

»Offensichtlich haben die Verwalter des Himmels etwas dagegen, uns ausschließlich in einem Rolls Royce fahren zu sehen«, meldet sich der Regisseur der drei Musketiere zu Wort und meint, dass das Schicksal der Menschen mit einem Rennen zu vergleichen sei, das Glanz und Glorie verspricht und auf dem Eselspfad verloren geht.

Kommt auf den Ausgangspunkt ihres Erscheinens zurück und rät mir, mich künftig um meine eigene Musik zu kümmern, zumal meine Situation nicht dazu angetan wäre, sie mit rosigen Zukunftsplänen zu bereichern. Winkt seine Kollegen hoheitsvoll ins Spalier und versichert, dass sie mich von nun an nicht mehr aus den Augen verlieren würden. Zu ihrer Aufgabe gehöre es, sich mit Tatsachen vertraut zu machen, ehe sie sich verdrehen ließen. Ihnen selbst gingen die Talente zwar nicht in die Finger, dafür aber wüssten sie äußerst geschickt mit Handschellen umzugehen. Im Übrigen wäre es für sie noch nie ein Problem gewesen, aus zwei Minuten Verhör zwanzig Jahre Haft zu machen, weder hier und jetzt, noch irgendein andermal.

KAPITEL 4

Die nächsten Tage kommen, wie zu erwarten, mit der Kälte eines Samuraischwertes, mit tief schürfenden Mysterien und der untergepflügten Scholle meiner Vergangenheit. Kaum eine Frage, die nicht zur Flucht wird und nicht eifrig darum bemüht ist, sich Blasen zu laufen. Jemand, der nicht weiß, was geschehen ist, dem ist alles geschehen.

Zu viele Hände sind es, die auf der Klaviatur meines Schicksals zu klimpern beginnen: Mord, Gedächtnisverlust, tödlicher Unfall und eine Menge mehr. Tonnen von Überlegungen, die meinen Körper zu lähmen drohen und mein Wesen mit der Last des Atems schrumpfen lassen.

Und derweil ich damit beschäftigt bin, den Rest meines Erinnerungsvermögens zusammenzukramen, kommt mir immer wieder das Schachspiel in den Sinn, seine Figuren, die so dastehen, als wollten sie bewegt werden, als stünden sie in der Disziplin, mir sagen zu müssen, was passiert ist und wieso dieses Spiel zu Ende ging, ohne die entsprechenden Züge dazu riskiert zu haben.

Auf den ersten Blick verraten die Bauern in Schwarz, dass sie den König »Weiß« gefangen halten, eigentlich nichts Ungewöhnliches, wenn nicht zwei Läufer gleicher Farbe sich auf ein und derselben Diagonale befänden und auf ungewöhnliche Weise die Felder G1 und A7 besetzt hielten.

Doch welche Fäden ich auch zu ziehen beabsichtige, sie geben sich am Ende ungeknotet und haben die Flucht ins Leere wohlwissend eingeplant. Offensichtlich bin ich immer noch dieser Unverstand, der mit den Staubpartikeln dieser Welt um die Wette tanzt, dem nichts Besseres einfällt, als sich in ihre dümmlichen Moleküle einzuschreiben.

Aber es ist auch der Augenblick, da ich zu alten Gewohnheiten greife und erstaunt feststelle, dass ich den chromatisch aufpolierten Narren in mir auf die Tasten des Flügels zu bringen verstehe und mit den Gewichten meiner zehn Finger die Skala meines Erinnerungsvermögens in Aufruhr versetze.

So begebe ich mich an die Tastatur eines Instruments, komme aus dem Nichts und ernte unter persönlicher Verwunderung ein durchaus hörbares Klavierwerk. Und da nun die eine Fähigkeit die andere ins Gebet nimmt, zeige ich mich erstaunt über die schnarrenden Geräusche bestimmter Saiten. Bisweilen sogar mit dem musikantischen Nachlass, dass es einem die Schuhe auszieht. Differenziert betrachtet, nervt die Empfindung mit den verstimmten Tönen A und G und der Duplizität, selbiges dem Schachspiel zuordnen zu können.

Aber so sehr ich auch in die karierte Jacke Sherlock Holmes' hineinwachse, es ist nur das Kapitel Luft, das ich dabei aufschlage, die Intuition, Türen und Fenster für etwas mehr Licht freizumachen.

Dennoch gewinne ich den Eindruck, mich durch die Enge des Schweigens hindurchgehungert zu haben. Inzwischen komme ich mit Stimmen ins Gespräch, die mehr zu berichten wissen, als mir hinlänglich bewusst ist, die mein Selbst zur Lieblingslektüre erheben und mit Bildern zur Hand sind, deren Buntstifte ich eiligst einsammeln sollte.

Da sich das Laken jedoch selten so spannt wie man sich bettet, kommt erstens alles anders und zweitens mit den gleichen eingelegenen Unbequemlichkeiten. Es wird wohl noch eine Weile dauern, bis ich die Falten meines Gedächtnisses gänzlich von den vermoosten Nachtgesichtern befreit habe.

Szenisch umgesetzt, derweil ich mit diesen und ähnlichen Hoffnungsschimmern mein Wesen ausleuchte, erwächst dem schrillen Schrei eines zu Tode erschreckten Bildtelephons die nächste lebende Leiche, namentlich ausgewiesen, in Gestalt Anton Grünbergs. Offensichtlich gibt es immer noch ein paar Haifische, die sich in mein Fahrwasser begeben möchten.

Aber das nur zu den Fakten meiner überhitzten Dioden. Der Partner am anderen Ende der Strippe scheint diesbezüglich entschieden weniger Probleme zu haben und bringt sogleich Gott und die Welt ins Benehmen. Letztendlich sogar den Teufel, den er für Dinge verantwortlich macht, für die er bisher keine Erklärung gefunden hätte. Gemeint ist der tragische Autounfall meiner Eltern und die ebenso befremdliche Tatsache, dass ich unweit des Unglücksortes mit einem Schädeltrauma aufgefunden wurde und mich zuweilen an nichts erinnern konnte.

Bedauert diesen folgenschweren Schicksalsschlag und gibt zu verstehen, dass er selbst bis heute davon betroffen sei. Begründet seine Niedergeschlagenheit mit einer engen Zusammenarbeit und der Tatsache, alles miteinander geteilt zu haben. Sowohl die familiären Probleme als die Erfolge oder den Neid der anderen. Was dem einen entfiel, wusste der andere besser und was ihnen beiden zum Problem wurde, halbierten sie entsprechend ihrer vorbehaltlosen Freundschaft.

Kommt zuweilen ins Schwärmen und stellt anheim, sich gelegentlich doch einmal zu treffen. Viele Dinge wären es, die darauf warten würden, beantwortet zu werden. Das schreckliche Geschehen von gestern sollte nicht vergessen machen, dass ihnen eine Wahrheit an die Hand gegeben wurde, die bereits jetzt Geschichte geschrieben hätte und nicht mehr wegzudenken sei. Schon von daher wären wir in der Pflicht, das Projekt weiterhin zu betreuen. Zuviel stünde auf dem Spiel und zuviel könnte verloren gehen, nicht zuletzt die Leistung und Würde meines Vaters.

Erstaunlich, wie lange ich dieses Gespräch noch zu meiner Aufregung mache. Wollte ich meine Verwunderung beschreiben, müsste ich sie mit einem venezianischen Schaufenster vergleichen, mit einer Menge zerbrechlicher Übertreibungen und einer Vielzahl übervorteilter Maskeraden. Andererseits wäre es wenig ratsam, die Wände zur Studie unverrückbarer Gleichgültigkeiten zu machen, sich in den Sessel der Bequemlichkeit zu werfen oder gar den Daumen gegen den Uhrzeigersinn zu drehen.

Wer gefragt ist, sollte um keine Antwort verlegen sein und also gehe ich an die eingelegenen Nester meiner Haut, kratze die Parasiten aus ihrem griesgrämigen Versteck, schreite gleich einer hochgestellten Spinne über den Schrottplatz meiner Nachdenklichkeit und beschließe, die Räumlichkeiten des Hauses gegen etwas mehr Sauerstoff einzutauschen.

Als ich dann trotz heißer Ohren und langer Nase dem Netz lärmender Straßenzüge den Vorzug einräume, kommt mir die Idee, meinem alten Professor Ed Born einen Besuch abzustatten. Sein Gedächtnis glänzte seither mit riesigen Antennen und seine Neugier war nie ein zu Ende gefasstes Buch. Insofern könnte alles angesagt sein, auch das, wozu mir bisweilen noch der Verstand fehlt.

Aber so eilig ich mich auf den Weg mache, zunächst einmal ist es der Verkehr, der mich in Atem hält, sind es die Abgase, die meine Haut klebrig grundieren und dem allgemeinen Befinden sogleich ein paar Dämpfer aufsetzen. Zudem bin ich mir nicht sicher, dass die Gestalt, die ich in den Spiegeln der Fenster spazieren führe, die Puzzles meines Selbst dahingehend zurechtrückt, sie in ihrer gänzlichen Schönheit vorführen zu können. Da ich jedoch die Runen meiner inneren Bestimmung nun einmal ausgeworfen habe, werde ich mich nicht scheuen dürfen, sie in ihrer neuerlichen Betrachtungsweise einer Deutung zu unterziehen.

Nun mag es sein, dass das Kribbeln unter meinen Füßen, jenem Turmspringer ähnlich kommt, dem kein Wasser zu tief und keine Spannung zu hoch ist. So betrachtet gelingt es mir dann auch, den Asphalt der Straße um einige Häuserreihen aufzurollen und meinen Schatten davor zu bewahren, sich in den Rauputz der Wände einzuschreiben. Außerdem laufen meine Füße vor mir her, und wenn man so will, auch von allein.

Zuweilen dann mit dem imposanten Erfolg, dass ich dem Anwesen Ed Borns auf der Spur bin und erinnerungsträchtige Lichtblicke ins Kalkül ziehe. Wie gewohnt sehe ich mich windschiefen Rollläden gegenüber, professoralen Unfertigkeiten, in denen die Zeit eine Geschichte unzähliger Versäumnisse klopft.

Überdies plakatverklebte Wände, die einem tourneegeprüften Geigenkasten ähneln oder einem verwaisten Gipsbein. Eine Welt erschließend, die sich bizarr und kauzig darstellt, die im Grunde alles das ist, was Ed Born ausmacht und verkörpert.

Eine imposante Ausgrabungsstätte für Geister und solche, die es noch werden wollen. Die Stufen zum Eingang quietschen wie zerbrochene Klaviertasten und im Geländer blüht der Rost mit der Farbe vergifteter Geranien.

Der Flur präsentiert sich finster und muffig, eine Urzeitkatakombe, oder auch der Korridor zu einer anderen Dimension, vielleicht auch etwas, das Zwiesprache hält mit einer Welt ewiger Verdunklung und dem kuriosen Bemühen, Gestaltlosigkeit anzunehmen.

Derweil ich so meinen Weg ins Ungewisse schlage und meine Anwesenheit mit lauten Schritten zu verkünden versuche, schiebt sich vor das spärlich flackernde Licht am Ende der Wohnröhre der gigantische Rücken eines Fernsehsessels, eine riesige plüschbezogene Superwanze mit ausgespreizten Armen und Beinen, ein Außerirdischer, oder eine Vision, oder beides. Erst bei näherer Betrachtung materialisiert sich dieses Wesen in die Gestalt Ed Borns.

Wenig überrascht, beinahe belanglos schiebt dieser seine Nickelbrille in die Nasenfalte, wendet meinen Körper in den Schein einer Stehlampe und führt auf, dass es Gesichter gibt, die man sich merken kann oder auch nicht, würde man sie aber dem Verhör des Lichtes aussetzen, verlören sie nicht selten ihre Identität.

»Äußerst interessant«, meldet sich eine Stimme aus dem Nebenzimmer, »entweder handelt es sich um einen Bekannten oder um jemanden, der sich dafür halten muss.«

»Oder beides«, hält Ed Born dagegen und erklärt, dass es ein Verschulden unserer Zeit wäre, nie genau zu wissen, mit wem man gerade redet.

»Wirklich interessant«, wiederholt sich der helle Diskant, diesmal in voller Schönheit, praller Körperlichkeit und mit Schwindel erregenden Beinen. Mit einem Anblick, der mir das spontane Gefühl vermittelt, soeben den Kontakt zu einer galaktischen Kampfstation hergestellt zu haben. Kaum eine Parzelle meiner Haut, die nicht Feuer fängt und sich mit der Überlegung entmachtet, einer neuen Art der Vergewaltigung begegnet zu sein.

»Es gibt Überraschungen«, sucht Ed Born eine Lücke zwischen den steilgerüsteten Kanonenkugeln ihrer Brüste, »die schon dadurch an Bedeutung gewinnen, dass sie nicht jeden Tag stattfinden.«

Schlägt ein Loch in die Rauchwand seiner heftigen Pfeifenzüge, kommt auf die Gewichtigkeit seiner siebenunddreißig Stühle zu sprechen und schildert ihre geschichtliche Auf-polsterung, vom Barock bis zur Plastikzeit, vom achtzehnten Jahrhundert bis in das neue Jahrtausend, geleimt, genagelt wie die Hintern, die darauf gesessen haben.

»Was Sie nicht bemerken«, meldet sich Eds bessere Hälfte, »ist, dass Sie reichlich davon in Anspruch nehmen können. Befindet er sich erst einmal im Redeschwall, vergisst er leicht, was er sagen will.«

Küsst ihrem Genie die Stirn und gibt zu verstehen, dass die siebenunddreißig Stühle nur ein kleiner Teil seiner Philosophie wären. Da gäbe es noch eine Menge andere Dinge, die er durcheinander bringen würde, so zum Beispiel, dass dieser I-deologie nur ein Tisch vorstehe.

Zurrt an der zu kurz geratenen Länge ihres Rockes und meint, dass ich natürlich auch durchaus mit ihrer Couch vorlieb nehmen könnte.

»Nicht alles ist immer so, wie es gesagt wird«, hält Ed Born entgegen, »aber da wir schon einmal beim Tisch angelangt sind, gibt es doch in der Tat konkrete Anhaltspunkte dafür, dass an ihm das Chaos dieser Welt seine Vorbestimmung erfährt. Je brisanter die Ansichten und Denkweisen, die man darüber hinwegschiebt, desto mehr Krümelkacke, Aufgeblasenheiten und Größenwahn. Am Tisch werden wir zum Autor unseres eigenen Untergangs und was wir mit unseren Fingern nicht in die Geschichte schreiben können, kehren wir einfach darunter, die guten Manieren, die Scherben und zu guter Letzt auch unseren Charakter.«

»Sie sehen«, hilft ihm der feenhafte Falter weiter, »würde man den Tischen weniger Bedeutung beimessen, gäbe es freundlichere Gesprächspartner. Wer sich komplizierten Themen zuwendet, hat die schlimmsten Fehler schon gemacht.«

»Das menschliche Wesen«, verdeutlicht Ed Born, »hat die beiden Seiten einer Ansichtskarte, auf der einen die unnötigen Texte, auf der anderen die unerfüllten Wünsche.«

»Und was ist mit diesen«, versuche ich mir Gehör zu verschaffen, »die nie ankommen, die ausschließlich mit Träumen auf Reisen gehen und deren Ziel es ist, einfach nur unterwegs zu sein?«

»Wie enttäuschend«, sieht sich Eds Partnerin bemüßigt, mir zu widersprechen. »Alles wäre vorbei, noch bevor etwas begonnen hätte.« Für sie sei das Leben ein Karussell Tausender Annehmlichkeiten, auch wenn man sich dabei im Kreis drehen würde. Wo nichts passiert, hätte die Welt zu Ende regiert oder ihren Charakter verloren.

»Nun müssen Sie nicht gleich das Schlimmste befürchten, auch wenn das meiste davon die Wahrheit ist«, übernimmt Ed.

Zupft an den verschnürten Spielereien ihrer Bluse und recherchiert mit dankbarem Grinsen, dass es pure Blasphemie sei, ihr zu widersprechen. Außerdem hätte sie den größeren Anteil an ihrer Jugend und damit die eindeutigeren Rechte und Privilegien.

»Woraus Sie nicht entnehmen sollten«, so die beschwichtigende Antwort, »Ed wäre eine Sanduhr, die nach innen rieselt. Sein Enthusiasmus gleicht einem Uhrmacher, der auf dem Zifferblatt sitzt, keine Sekunde verstreichen lässt und immer weiß, wann es an der Zeit ist.«

»Wie Sie sehen«, definiert Ed ihre Gemeinsamkeiten, »wenn man erst einmal erkannt hat, dass man durch das Miteinander erst zu sich selbst kommt, weiß man, wie wichtig es wird, ohne Atempause zu denken. Wir sind nur das, was wir durch den

Anderen sind. Sich allein zu genügen, hieße, seiner Persönlichkeit eine Schlafmütze aufzusetzen.«

»Genau das ist es, was niemand von uns will«, bestätigt Eds Partnerin und verfügt angesichts der Unerbittlichkeit der Zeit einen Spaziergang an der frischen Luft. Es würde die Geister neu beleben und dem anstehenden Tag die nötigen Perspektiven geben.

»Die Tat ist immer frei«, erwidert Ed, »auch wenn die Folgen schwerlich abzusehen sind.« Schwingt sich aus seinem Sessel und erinnert daran, dass man wie so oft nur nachvollzieht, was man längst schon hätte tun sollen.

»Wahrhaftig ein untrügliches Zeichen dafür«, stimme ich zu, »dass das Schicksal, dem wir uns anvertrauen, die Kreativität eines Marmorblocks besitzt, der erst dadurch an Gestalt gewinnt, dass wir alles Überflüssige an ihm abschlagen.«

Nachdem wir nun die Luft zu unserer inneren Betriebsamkeit gemacht haben und der Lärm der Straßen die Nachdenklichkeit übernimmt, scheinen dann auch die Hirnzellen genau zu wissen, wozu sie da sind und wozu nicht.

Zuerst werden wir fröhlicher, dann etwas lockerer und schon bald marschieren wir wie ein feierliches Gespann durch die menschlichen Wände der Trottoirs. Dann sogar von Restaurant zu Restaurant, Drink zu Drink und Stimmung zu Stimmung. Gänzlich umschmeichelt mit dem Ambiente der Vergesslichkeit, mit flimmernden Lichterketten und dem Gefühl, in Gespräche verwickelt zu werden, die Spiegeln ähneln, die ebenso lebendig wie tot sind, ebenso eitel wie belanglos.

Man lebt das Geschehen im Geschehen des anderen und mutiert zu diesem unheimlichen Wesen Mensch, verfängt sich in einem Gitternetz von Nerven, sieht sich von rotnäsigen Zwergen verfolgt und stellt fest, dass man immer noch im Vorgarten seiner Unzulänglichkeit herumharkt.

»Mit den Windmaschinen unserer Fantasie«, bemüht Ed Born seinen Kopf, »sind wir uneinholbar, produzieren eine Menge skurriler Geschichten, ganz gleich, ob die Welt sich in der Auflösung befindet oder mit einer Invasion von Sandwürmern beschäftigt ist. Das Grauen hat die Erde erfasst, und was wir anderen nicht antun können, versuchen wir an uns selbst.«

»Dies ist typisch«, verwahrt sich das Ebenmaß unserer Mitte gegen Eds geistige Sanierungen, »wer immer nur den Widersinn der Zeit sieht, wird irgendwann sein eigener Gast sein, sich von sich selbst entfremden, möglicherweise sogar mit dem Erfolg totaler Amnesie.«

»Das ist es, was mich so an ihr fasziniert«, erklärt Ed, »während andere um ihr Gedächtnis bangen, wartet sie mit allem auf, was mir fehlt, mit dem Raum auf der engen Ebene meines Bewusstseins und eigentlich allem, womit sich meine Hände befreien können.«

»Und er«, führt sie aus, »beschneidet und verteilt den Überfluss, den ich in mir trage, die wild gewachsenen Triebe, die Flausen, meine Laune und die heftigen Gefühlsregungen. Eine prächtige Ergänzung, wie Sie sehen, was dem einen fehlt, trägt der andere unter dem Arm. Was will man mehr, der Mensch kam auf die Welt, um sich zu begehren, jemanden für sich zu vereinnahmen und sei es durch seinen persönlichen Untergang.«

Derweil ich diese Worte gleich einer Sonntagspredigt auf mich einwirken lasse, bemerke ich, wie Ed seine Fäden zu neuen Löchern führt. So steht er da, als hätte ihn die Welt vorübergehend ausgeladen, zeigt sich amüsiert über die Masse Mensch, den Streuselkuchen von kopflosen Köpfen, ihre ungestillte Begierde, sich geistig zu entleeren, und als hätte ihn der Teufel zur Beichte befohlen, beschließt er von hier auf jetzt, diesem grausamen Unternehmen ein Ende zu bereiten.

Bläst seiner smaragdenen Schönheit ein paar aufmerksame Küsse ins Ohr und als würde damit alles gesagt sein macht er sich auf und davon. Wüsste ich es nicht besser, könnte man meinen, jemand hätte ihm eine Tüte Maden in die Hose gekippt.

Aber was immer ihn auch zu diesem Absprung veranlasst haben könnte, es ist nicht so, als würde es mich sonderlich beeindrucken. Zweifellos habe ich meine Sinne einstweilen mit einer Vielzahl steilgerüsteter Paraden in Marsch gesetzt und diesen wohlbemessenen Falter zur Begierde meiner Absichten gemacht, bisweilen sogar mit dem Effekt totaler Vereinnahmung und dem Wunsch, sie über ihre Brüste in mich aufzusaugen.

»Schauen Sie nur«, nimmt sie die Fährte meiner Gedanken auf, »die Ouvertüre hat den Vorhang beiseite geschoben. Sein oder Nichtsein, das Spiel kann beginnen, wie sonst würde man in Erfahrung bringen, was wirklich wirklich ist.«

Worte, die ihren Körper noch durstiger und furchtloser erscheinen lassen. So steht sie da mit der Kühnheit einer nächtlichen Blume und der Botschaft Licht zu spenden, mich zu durchwandern, bis in die Wurzelspitzen geheimster Sehnsüchte, einem Reisenden gleich, der sich schon dadurch unterwegs sieht, dass er die Tür hinter sich zuschlägt und mit dem Herzen einer Heuschrecke um die Wette hüpft.

Inzwischen sind wir uns so nahe gekommen, dass wir einander verstehen, ohne viele Worte zu verlieren. Und wir nehmen uns ernst, bestimmen, dass wir es geschehen lassen sollten und dass es gleich sein müsste, bei ihr zu Hause, jetzt und augenblicklich.

Der Raum, den wir betreten, wird von pulsierenden Leuchtschriften der Straße entzündet, gerät stoßweise in Bewegung und forciert unwillkürlich unsere animalischen Absichten. An den Wänden gehen Mysterien von Figuren und Gespenstern spazieren, rastlose Kritzeleien, die den Blutpunkt verschwiegener Unberechenbarkeit attackieren und mit heftigen Pegelschlägen in Aggression versetzen.

Mir ist, als stünde ich urplötzlich auf der anderen Seite des Sehens. Da begegne ich meinem innersten Gesicht, schaue durch eine flüssige Milchscheibe und kontaktiere Fragen, die dem Sterben im Fleisch des Lebens mit einem Seziermesser beikommen möchten.

Es sind also immer noch die gleichen strapaziösen Neurosen, die in der Arena meines Herzens wie zur Dressur auflaufen. Was nicht bedeutet, dass ich damit die eigentliche Situation eingefangen hätte. Und es ist nicht das Thema, ob der Gedanke dem Geschehen genügen muss oder das Geschehen dem Gedanken. Tatsache ist, dass ich einstweilen mit allen Zellen meiner Haut einem zauberhaften Körper auf der Spur bin, mich mit intensiven Küssen ins Alphabet der Nacktheit einsauge und mit meinen Lippen Tränen berühre, die wie Sonnen explodieren und mich hineinwerfen in eine Welt unentdeckter Wahrheiten.

Ich bemerke, wie die Sekunden in Brand geraten, sich eine Armee von Ameisen auf den Weg macht, mit winzigen Enterhaken meine Empfindsamkeiten an Land zu ziehen, sich zu einer Seilschaft zusammenfindet, die dem Gesicht der Langeweile mit neuen Abenteuerlichkeiten beizukommen versucht. Augenblicke, mit denen wir unserem unbegreiflichen Antlitz die Schatten entreißen, die alles vereinnahmen, das ganze Wesen in uns, die offenen Fragen zwischen Marter und Schweigen, nicht zuletzt die Sprache, die ins Licht steigt, mit dem eigenen Atem Hochzeit zu feiern.

Nichts ist so verlierbar wie der Samen, den man allzu großzügig in den Wind wirft. Also spannt man den Bogen bis zum Schaft, geht hinein in den Protest makelloser Eitelkeit und trifft tief, so tief, dass unsere Körper unter einer Gischt von Blitzen erzittern und nie gekannte Siegesfanfaren ausfiebern.

Kaum ein Wunsch, der sich nicht gleichsam in den Segeln von Ängsten steifmacht, keine Herausforderung, die nicht zur Woge sanften Zorns wird und nicht von unser beider Puls beseelt ist. Die Fülle innewohnender Erregung wird zur Fülle von Erneuerungen, von hormonellen Bränden, die fasertief in den Dialog des Blutes fließen. So geschieht es, dass wir uns hineinspreizen in ein Geflecht von Kletterpflanzen, die Landschaften unserer geißelnden Gefühle mit unzähligen Lavaströmen überschütten und in Glut versetzen. Jedes noch so versteckte Härchen an uns wird zum Streichholz explosiver Leidenschaften. Inzwischen gibt es kaum einen Bereich, den wir nicht mit zahllosen Zündschnüren eingewickelt haben. Derweil mein Verlangen zusehends anwächst und zur verrücktesten Paarung von Ebbe und Flut wird, von einer Gischt, die im Auf und Ab der Wellen sich auspeitscht, die übereinander einschlagen zwischen

Kommen und Gehen und dem Bedürfnis, nie mehr voneinander loszulassen.

Und so tauschen wir unser beider Leben, Körper gegen Körper, Worte gegen Berührungen und Berührungen gegen die lauteste Woge der Leidenschaft. Hellhäutige Schenkel gegen Systeme, die den Hunger austeilen, die sich hineinschreiben in die Quotienten weißen Spermas, mit Lippen, die ins Delta gestrandeter Spürbarkeiten gehen, die alles schmecken und alles bis ins Wortlose lecken, die sich vom Duft feuchtgewordener Begehrlichkeit tragen lassen, den zerküssten Gliedern und der Bereitwilligkeit, sich mit der Süße des Blutes zu vermählen.

Endlose Pfeile gegen endlose Ziele, rasende Fanfarenstöße gegen eine Corrida nimmermüder Lustbarkeiten. Hineingeworfen in ein Meer orgiastischer Ohnmacht, ins Unendliche sich entzündend, gegen ein Herz, das zu einer Großstadt anschwillt, das ins Rasen und Stampfen gerät, mit Tausenden von Lichtern Feuer fängt und zu einer fernweltlichen Galaxie anwächst.

Es ist die Gewissheit, sich mit dem irrlichtigen Cockpit der Sinne zu verschmelzen und in die eigenen Hirnzellen hineingeschrieben zu werden. In ein mikroskopisches Chaos von Sensibilitäten mit dem himmlischen Bewusstsein, dass es nichts Imponierenderes gibt, als durch Körper und Seelen zu schauen, die letzte Bastion des Verborgenen zu entdecken, das gigantische Universum von Sehnsüchten und alles, was uns begreiflicher macht.

KAPITEL 5

Es ist der Augenblick, da die Zeit ihr Rasierwasserlächeln einbüßt und ihre hochhackige Eleganz in den Gang der Dinge verlegt. Die Stunde, die sich mit tausend unverrichteten Kleinigkeiten zustellt, im Schritttempo zu erstarren droht und gleich dem Fleisch im Leben öliger Bratwürste ins Schwitzen gerät. Nicht zuletzt ist sie fast alles, was in mir den Stillstand probt.

Inzwischen haben meine Gedanken größere Probleme damit, das Geschehen von gestern im Zaum zu halten, so stehe ich in der Besorgnis, wie sich die Folgen der Partie Dame herausnehmen könnten und stelle fest, dass die Erinnerung am besten funktioniert, wenn man sie am wenigsten gebrauchen kann.

Dieser Morgen dekoriert sich mit den Fenstern schlechten Gewissens, mit endlos dümmlichen Fragen und einem Gesicht, welches sich schwer tut, es selbst zu sein, das mit der Befürchtung konfrontiert ist, jeden Moment Ed Born über den Weg zu laufen. Und mir ist, als hinge ich mit Spinnenbeinen an einem ausgespuckten Kaugummi, vielleicht auch an meinen eigenen Nachdenklichkeiten, die zwischen Mund und Gaumen einzutrocknen drohen und nicht unbedingt dem Lächeln der Zähne gewogen scheinen. Die vielen mittellosen Fragen sind es, an denen ich kleben bleibe, die alles Erdenkliche zur Antwort haben, nur nicht das, was wir hören möchten.

Offensichtlich ist nicht jedes Parkett dazu geeignet, sich gesunde Füße zu laufen. Vor allem, wenn man damit rechnen muss, dass der Teufel sich der gleichen Schuhe bedient und den Sturz in die Tiefe neurotischer Beschämung wohlweislich eingeplant hat.

Aber dies nur zur Lyrik allgemeiner Gedanken, der eigentliche Horror besteht darin, dass sie für mich Realität sind und sich bei der Dechiffrierarbeit meines Traumas als wenig hilfreich erweisen.

Doch bevor ich meine Hände in die Hosentaschen stecke, um sie mit Untätigkeit leer zu plündern, entschließe ich mich dazu, Grünberg einen Besuch abzustatten. Er, der sich als engster Vertrauter meines Vaters ausgibt, ist sicherlich in der Lage, mir über die bleiche Gesichtsfarbe innerer Anspruchslosigkeit hinwegzuhelfen.

Und also packe ich die Köpfe wieder zu den Sardinen und beschließe, mit Zuversicht zu veredeln, worin ich versagt habe, streng genommen mit der Besorgnis, die Wahrheit könnte mir aus den Händen entgleiten. Bisweilen hege ich den Verdacht, immer noch in den Ruinen meiner Amnesie wohnen zu müssen. Der Narr handelt die Ware, die der Wissende in mir ablehnt.

So geschieht es, dass ich ohne besondere Ausweisungen das Entree des genetischen Forschungsinstitutes passieren darf, man mich freundlichst begrüßt und zu verstehen gibt, dass man mich bereits seit einer Weile erwarte.

Ziemlich erstaunlich, wenn man die geheimen Dienstbarkeiten in Betracht zieht, mit denen sich derartige Einrichtungen umgeben. Hier, wo die Mikroben das Sagen haben und die wahre Größe sich ins Nichts dimensioniert, wo ein Briefumschlag ausreichen würde, den kompletten Menschen darin zu verfrachten, hier begrüßt man mich mit der lapidaren Feststellung, herzlich willkommen zu sein. Das Einzige, was mir ungewöhnlich anwächst, sind zwei prächtig gestaltete Bodyguards, rechts und links zu meiner Seite, natürlich ausschließlich zur persönlichen Sicherheit. Dieses Gebäude, erklärt man mir, sei so ungewöhnlich gegliedert, dass man seine Orientierung bereits im Lift verlieren könnte.

Derweil wir nun den Blick christlicher Himmelfahrt gelangweilt an die Decke des Aufzugs heften, beginnt der eine damit, seine Knopfreihen zu sortieren, die, wie er glaubt, ausschließlich dazu erfunden worden seien, sich in Disziplin zu üben. Aber wie alle Themen, die man in einem Aufzug durch die Etagen bringt, mit einem Ruck beendet werden, bemühe ich mich gar nicht erst um eine Antwort. Hinzu kommt, dass ich in einem Schwall aufflammenden Lichts zu ertrinken drohe und alle Mühe damit habe, mich auf den Beinen zu halten.

Grünberg, der mich auf dem Flur in Empfang nimmt und meine Kreislauf geschädigten Zeiger bemerkt, erläutert, dass es in der Natur der Dinge läge, sich erst einmal mit Blindheit zu schlagen, bevor man ins Geschäft des Sehens überwechselt. Bittet mich ins Labor und meint, dass ich mich wie zu Hause fühlen dürfe, er jedenfalls hätte im Vertrauen auf die alte Freundschaft alles so belassen, wie es einmal war. Selbst die Arbeitsutensilien lägen noch unberührt an ihrem ursprünglichen Ort, bisweilen sogar mit der gespenstischen Dynamik, immer noch in Bewegung zu sein.

Schüttelt den Kopf und befindet, dass es Wirklichkeiten gäbe, die man einfach nicht zu Ende denken könne, würde man es trotzdem versuchen, ergäben sie keinen verwertbaren Sinn.

»Sehen Sie«, redet er auf meine Sprachlosigkeit ein, »da bleibt nur wenig Platz zu glauben, dass der Tod das Ende allen Daseins ist.«

»Nichts begleitet uns leiser als unser persönliches Schicksal und nichts bleibt erfolgloser, als es erklären zu wollen«, bemühe ich mich seinen Monolog verbal zu bevölkern. »Wir versuchen uns an großen Ideen und gedanklichen Abstraktionen, bedauerlicherweise jedoch gibt sich der Frieden, der dies bewirtschaften soll, selten so friedlich, als dass unser Gewissen nicht ebenso gut auch daran scheitern könnte. Ganz gleich welche Ideale wir also besingen, wenn es darum geht erfolgreich zu sein, ist die Moral überflüssig, eher schon ein Gespenst schlechten Schlafes.«

»Es gibt zwei Tragödien, denen man fern bleiben muss«, erwidert Grünberg, »die eine, die uns ins Firmament hebt und uns den Boden unter den Füßen wegreißt, eine weitere, die sich des Bodens versichert und den Himmel darüber in die Winzigkeit von Sternen verfrachtet. Dass weder dies noch jenes unsere gemeinsame Arbeit habe tangieren konnte, beruhte auf dem Verständnis konkurrenzlosen Handelns. Was dem einen wichtig erschien, war für den anderen ein neuer strittiger Punkt. Wir arbeiteten gemeinsam, ähnlich einer auseinandergerissenen Schatzkarte und wussten immer genau, was dem anderen verwehrt blieb. Schon von daher waren wir aneinander gekettet, wir fügten zusammen, wozu wir auch bereit waren, es gegenseitig zu teilen. Der eine war die Kopie des anderen, die Tür dahinter oder davor, menschlich und wissenschaftlich, stets wussten wir, was wir uns gegenseitig schuldig waren, ob wir ein Problem gelöst oder ein neues hinzugewonnen hatten.«

Schildert sodann ihren Eifer, sich auf die Folterbank der Gene zu schnallen, ihre Unnachgiebigkeit, die Bausteine des Lebens aus ihrer Mythologie der Unantastbarkeit heraus zu klopfen, erläutert, dass ihnen die Zeit dabei fortlief und ihre Gedanken zum täglichen Programm von Zahlen und Überstunden wurden.

»Wir wussten schon bald nicht mehr genau, ob die Welt sich aus Formeln und Rätseln zusammensetzt, oder Rätsel und Formeln ganz einfach diese Welt begründen.«

»Beweist dies nicht auch«, halte ich fest, »dass Fortschritt nur für die wenigsten Faszination ist, ein wenig aufregend für den Gebildeten, etwas Unwichtiges für den Glücklichen, für die meisten aber ein Ozonloch, das es für teures Geld wieder zurechtzuflicken gilt?«

»Es gibt Dummheiten«, entgegnet er, »die ganz vorne anstehen und solche, die ihnen noch zuvorkommen.«

Starrt gegen die weiß gekachelte Wand, sucht einen Ausweg aus ihrer Farblosigkeit und erklärt, dass es Quadraturen gibt, denen die Ratlosigkeit anhaftet, die sich der Treue von Linien und Geraden verschreiben und kompromisslos ihren Untergang proben. Aber wie immer die Dinge auch geartet sein mögen, er für seinen Teil glaube, alles getan zu haben, um mit Respekt und Anstand in die Zukunft blicken zu können. Sollte es dennoch etwas geben, das er außer Acht gelassen hätte, sei es keineswegs zu spät, dies zu korrigieren. Im Übrigen wären meine Fingerabdrücke bezüglich der »Genetischen Arche« überall präsent, jenes Projekt, dem ich mich sowohl in moralischer als auch wissenschaftlicher Weise verschrieben hatte.

Zieht mit seiner Stirn ein paar kräftige Striche unter diese innige Feststellung, weist darauf hin, dass ich mich meiner Verantwortung also nicht entziehen könne.

»Die meisten Wirklichkeiten«, entgegne ich, »sind aus dem wundersamen Stoff der Vergänglichkeit gemacht. Und also sind wir nie genau das, was wir sein wollen, sind immer etwas von dem, was sich gegen uns stellt, ein launenhaftes, trügerisches Wesen, ein Phantom, das die eigene Vergangenheit scheut und mit einem Schwarm von Vorurteilen ins Gedränge kommt.«

»Andererseits«, so Grünberg, »sollten wir uns ganz einfach darauf besinnen, dass dies gestern war und nicht heute. Suchen wir nach den guten Eigenschaften, über die schlechten haben wir uns lange genug geärgert.«

Geleitet mich zur Tür und meint, dass morgen ein guter Tag sei, meine Arbeit in der Genetischen Arche wieder aufzunehmen. Wer die Zeit im Griff halten möchte, sollte den Anschluss nicht verpassen.

Einstweilen habe ich das Gefühl, für alles gleich taub zu sein, für die leisesten wie lautesten Töne, dem Geschehen von gestern und dem Gestern im Geschehen von morgen. Dabei ist es nicht so, als schaufelte ich ausschließlich Dörrpflaumen. Inzwischen habe ich den Kuchen meiner Erinnerung vor die mehlige Schürze bekommen und die Synonyme A und G aus ihrem verschwiegenen Alphabet gelockt, nebenbei sogar mit dem lebendigen Abguss Anton Grünbergs und der Einsicht, dass er auch ungeschoren nicht wie ein Schaf aussieht.

Aber da nicht jede keimende Kartoffel auch gleich zur Saat bestimmt ist, könnten die besagten Initialen ebenso gut für »Genetische Arche« stehen, oder auch für den Begriff Außergewöhnlich.

So gesehen gibt es nach wie vor ein paar Dinge, die weder vorne noch hinten zusammenpassen die sich dazu bekannt haben, meinen Tag in die Geistologie flauschiger Girlanden zu hängen. Ein paar Informationen hier, wenige Anhaltspunkte dort und schon schmückt sich der Verstand mit althergebrachten

Intoleranzen, kitschig dekorierten Unzweckmäßigkeiten und einer Menge poröser Makulaturen.

Infolgedessen bin ich für eine Weile wieder mal mein eigener Gast, bringe meinen Kopf an die Decke der Einfallslosigkeit und definiere Monotonie mit der Halskrause eines Narren, einer Papierblume zwischen heimatlosen Lippen, mit geweiteten Nasenlöchern, rosig bemalten Wangen und einem Herzen, das den Amboss einer Schmiede reitet. Und so fühle ich mich wie ein Altarstein, mitten in den Raum gestellt, mit unverrückbaren Nachhaltigkeiten und der christlichen Eingebung, meine Anklageschrift selbst verfasst zu haben.

Es ist also keineswegs verwunderlich, dass ich dem Tisch meiner Nachdenklichkeit schmalhüftig vorsitze und auch die nächste Zeit mit dem Kieselgrund meiner Seele ins Benehmen komme, mich ihres archaischen Tiefgangs besinne und ähnlich dem öligen Aufguss seichter Strömungen zu der Feststellung gelange, dass die speiende See der Termin ist, den Grünberg mit mir ausgehandelt hat.

Inzwischen stehe ich dann wie ein Uhrzeiger aufrecht in der Zeit, stelle mir zwei Koffer abflugbereit in den Weg und beschließe, sie mit unnötigen Dingen voll zu stopfen, traktiere sie mit Fäusten und Knien und verbuche frohen Mutes, ihr engbrüstiges Innenleben zu kleinen Monstren verpackt zu haben.

Dieser Augenblick ist es, der mich in die Schuhe bringt und die Grundsätze in mir hochhält, unter denen ich hindurchwandern kann, den Startschuss dafür liefert, mich von nun an in die Lüge einzuleben, die man mir bisweilen so ehrlich untergeschoben hat. Derweil ich mit diesen Vorsätzen verhaftet, die Schaurigkeit meines Selbst auszukrempeln versuche, bemüht sich ein Fahrer des Institutes über die Haustürglocke um meine Aufmerksamkeit.

»Ich nehme an, Sie sind Dr. Stern«, so der eilige Besucher, »womit Sie sich nicht aufgefordert sehen müssen, Ihre wahre Identität preiszugeben.« Er möchte lediglich wissen, ob er hier an der richtigen Adresse sei. Ansonsten hielte er sich für äußerst zurückhaltend, zumal er überwiegend verkannte Talente beförderte und nicht wenige davon ebenso gut mit einer Fahrt zur Hölle einverstanden gewesen wären.

»Sie sehen«, bemüht er sich um das Lächeln der Mona Lisa, seine Pünktlichkeit hätte ihn noch nie zu spät kommen lassen.

»Aber Sie sind nicht das Phantom der Oper«, singe ich seine Töne nach.

»Ich bin das, was andere an mir so lieben, der gehorsame Diener von Eile und Zeit, vielleicht auch noch der Faden der Wolle, an dem andere stricken, besser formuliert, der Geist Ihres heutigen Schicksals.«

»Und ich dachte schon«, halte ich dagegen, »dies wäre nur dem allmächtigen Gott vorbehalten.«

»Es gibt immer wieder Dinge, die uns in Erstaunen versetzen«, erwidert er, »und nicht alle sind von dieser Welt.«

Ergreift meine Gepäckstücke, beklagt den ambitionierten Hang seiner Kunden, Steine zu befördern und gibt zu verstehen, dass sein Auftraggeber von einer äußerst kostbaren Fracht sprach und es seinen Kopf kosten könnte, würde er auch nur ein Vorfahrtschild übersehen.

Während nun unsere irdische Raumfähre pfeilartig davon saust, das Cockpit mit tanzenden Lichtern hervorhebt, was die Fahrbahn darunter vermissen lässt, kreisen meine Gedanken noch einmal mit der Wucht eines Bumerangs um die Ereignisse der letzten Wochen und Monate. Insbesondere um meine nicht vorhandene Fähigkeit, Probleme so zu sehen, wie sie sind und nicht, wie andere sie mir einreden. Offensichtlich schlummert immer noch ein großer Teil meiner Erinnerung in der Schublade exklusiver Verdrängung. So diagnostiziere ich unter anderem die Bruchlandung meines Lebens, sehe mich der einfältigen Mode gegenüber, ausschließlich nackte Tatsachen zu bewirtschaften, proklamiere die Unansehnlichkeit dieser Welt und die Schräglage der Menschen, sich so zu kleiden, wie sie aussehen.

Wo immer ich also hinschaue, der Weg ist frei für jegliche Form von Chaos, nicht zuletzt mit der knöchrigen Asphaltierung der Straßen, dem perkussierenden Klang tiefer Schlaglöcher und der progressiven Anspannung, seinen Körper in eine

Rüttelmaschine zu verwandeln. Und das ist nicht alles, was rechts und links neben mir ins Rotieren kommt. Die Frage, was an mir so interessant sein könnte, mich zu Exkursionen zu bewegen, von denen ich nur einen blassen Schimmer wahrnehme, stimmt mich nicht minder neugierig, bisweilen sogar etwas unheimlich. Wobei die abgeschlagenen Baumstümpfe am Wegesrand den Charakter meiner geistigen Paraden gespenstisch unterstützen und dem neurotischen Ambiente meiner Nachdenklichkeit geheimnisvolle Schatten aufsetzen.

»Man muss sich vorstellen«, begibt sich mein Nachbar auf die Überholspur meiner Gedanken, »was nicht schon Stein war, haben wir zu Beton gemischt, und was sich nicht schon als Ödland präsentierte, ist ganz lapidar den Planierraupen zum Opfer gefallen.«

Deutet auf die vielen verwaisten Baukräne rechts und links des Weges, sieht in ihnen gigantische Friedhofskreuze und deutet an, dass sie das stumme Eingeständnis für die vielen menschlichen Unzulänglichkeiten seien und ein Mahnmal dafür, wieder einmal zu viel gewollt und zu wenig beachtet zu haben. Sicherlich wäre es dem Menschen um einiges besser bekommen, er hätte seine Ansprüche auf dem Niveau der Grundschule belassen. Das meiste von dem, was die Dreimalgescheiten in die Hände nahmen, hörte irgendwann auf zu existieren.

»Mit der Erfindung des Rades«, entgegne ich, »schrumpfte die Erde, mit der Mathematik die Fantasie, mit dem Wohlstand der Anstand und mit jeder neuen Überheblichkeit etwas von der Größe des Menschen.«

»Anderseits sollten wir begreifen, dass sich nichts ändern wird«, verlegt mein Partner das Gespräch zurück in die Normalität, »das Leben ist ein verdammtes Ding nach dem andern und für jeden Irrtum gut genug.«

Schiebt seine Mütze mit dem Zeigefinger in Grundstellung, verfrachtet eine uralte CD der Beatles in den Player, bereichert ihren mangelnden Glanz mit der Genialität seiner nicht vorhandenen Stimme, pfeift bisweilen den fehlenden Bläsersätzen hinterher und hofiert den Gedanken, dass die meisten Probleme, in Töne verpackt, um einiges leichter zu ertragen wären.

»Musik«, zeigt er sich überzeugt, »ist eine doppelt wirksame Medizin. Sie ist das Gescheite im Menschen und eine Macht, die keine Gegner hat.«

»Außer der Lautstärke«, füge ich bei, »die hat so manches Ohr desensibilisiert«, wobei ich es mir verkneife, dies als Charakterschwäche auszulegen. Glücklicherweise beeilt sich ohnehin die Vorsehung, die Reise hier zu beenden, zumindest entnehme ich dies der freudigen Erregung meines Fahrers. Ich selbst vermag kaum etwas zu entdecken, womit ich diese Gegend beschreiben könnte. Außerdem laufe ich immer noch etwas dieser aufgeteerten Historie von Schlaglöchern und Gesangskünsten hinterher, bisweilen sogar mit dem Gefühl, einem arglistigen Scherz erlegen zu sein.

Hinzu kommen die wenig ermunternden Worte meines Chauffeurs, der mir zu erklären versucht, dass man offensichtlich keine Wegweiser dazu benötigt, um sich zu verfahren. Schlägt sinnigerweise ein Kreuzzeichen über das verschwitzte Lenkrad, deutet auf die Ruinenlandschaft eines verfallenen Schlosses und meint, dass ich am Ziel sei, wobei ich mir diesen Ort nicht unbedingt einprägen müsse, die Veredlung fände dahinter statt, nicht zuletzt über die Magie Grünbergs, der mich am Portal in Empfang nähme und durch die türlosen Türen ins gelobte Land geleiten würde.

Stellt mir die beiden Koffer vor die Füße, beeilt sich, sein Fahrzeug wieder in die andere Richtung zu bekommen und als hätte ihn der Humor verlassen rät er mir, diese Gegend nicht mit unnötigen Spaziergängen erkunden zu wollen, sie existiere ganz einfach nicht.

»Es gibt Visionen«, wie er meint, die nur noch von handfesten Realitäten übertroffen würden und mit einer davon hätte ich soeben Bekanntschaft geschlossen.

Für eine Weile stehe ich dann auch da, als hätte ich mich selbst zum Denkmal erhoben, schematisch und phrasenhaft, auf einen Sockel gestellt, an dem die Füße festkleben und nichts

Widersprüchlicheres zu vermelden haben als sich in Disziplin zu üben.

Inzwischen reiben die Augen die Idylle eines prähistorischen Aschenregens, wässern sich hinein in einen Monolog spärlich gesäter Wirklichkeiten, in eine Welt, die den spröden Text von Billigromanen voraus hat, sich mit der lausigen Kälte der Endzeitstimmung vermählt und eifrig darum bemüht ist, jenseits des Verständnisses Fuß zu fassen.

Wie aus der Flasche geklopft, steht plötzlich die Gestalt Grünberg vor mir; in seinem weißen Kittel sieht er aus, als hätte ihn ein galaktischer Nebel ausgespuckt.

»Sie werden es überleben«, lacht er schallend gegen das leere Gemäuer der Schlossruine und rät mir, das Mikadobündel meiner Nerven noch für eine Weile zusammenzuhalten. Es gäbe nichts, für das ich nicht entschädigt würde.

Schnappt sich meine beiden Koffer und bittet mich, seinem Windschatten zu folgen. Die Schritte, die uns dabei vorwärts bringen, haben allerdings sehr wenig von der besagten Imposanz, eher schon von einer Geisterpatrouille. So gehen wir zwischen Mauern hindurch, die das letzte bisschen Licht vererbt haben, die so dastehen, als hätte die Welt sie um ihren rechtmäßigen Besitz betrogen.

Wir sind nicht die Helden von gestern, unsere Rüstung ist unser Selbst, und es ist schon schwer genug, an ihr zu tragen. Derweil ich von diesen und jenen Gedanken geplagt werde, stehen wir auch schon wieder außerhalb der Geschichte, vor uns der nicht vorhandene Park, jene konversationslosen Wandelgänge, die nichts mehr zu bieten haben als die Erinnerung an ihre vergangene Historie.

Aber auch diese Reflexion hält nur solange vor, wie ich meine Fantasie bemühen kann. Schon bald schreiten wir mit tiefen Fußabdrücken auf einen milchig vergorenen Teich zu und sumpfen übergangslos in eine Welt hinein, die an Säuernis aufstößt, was der Himmel seit Jahren darüber verregnet hat.

Grünberg, der meine Verwunderung über den Rücken wahrzunehmen scheint, erinnert sich, dass Moses eine ungleich schlechtere Ausgangsposition vorgefunden hätte, es gäbe also keinen nennenswerten Grund, sich zu fürchten.

In der Tat gelingt es uns dann auch, den See unbeschadet zu überqueren. Wenngleich sich die Eingebung dank eines wassertüchtigen Bootes um einiges bescheidener herausnimmt. Dennoch ist alles nicht weniger aufregend. Schließlich verstärkt sich die Sequenz hellsichtiger Wahrnehmung noch darin, dass der Felshang, an dem wir entlanggleiten, einen Riss bekommt und uns in den Bauch dieser Erde zieht, genauer, in eine Grotte, deren Gewölbe in einen Stalaktitenhimmel überwechselt und ähnlich der Bedrohung eines Haifischmauls meinen ganzen Respekt fordert.

Aber so eilig sich die Ereignisse einstellen, so wenig Zeit bleibt mir, sie mich begreiflich zu machen. Zum einen sehe ich mich in ein zeitloses Leck geworfen, mit Schleusen, die sich öffnen und schließen, mit geheimnisvollen Transformationen und deklinierbaren Ursächlichkeiten.

Zum anderen ist es die Logik puren Geschehens, sind es Vorgänge, die sich maschinell modifizieren lassen und höchst konkrete Ansprüche an mich stellen.

KAPITEL 6

»Sie müssen zugeben, dass ich nicht zu viel versprochen habe«, zeigt sich Grünberg bemüht, meine Blässe in das tiefgefrorene Weiß der Wände zu schreiben. »Wohin Sie auch schauen, es wird Sie immer wieder an die Grenzen Ihres Vorstellungsvermögens führen.«

Preist mit ausgebreiteten Armen den sterilen Horizont dieses Unternehmens und verspricht, dass ich mir von nun an jeden Wunsch erfüllen könnte, sei es über die Kreativität meiner Ideen oder die imaginäre Welt meiner Gedanken.

Ohne nun vollends vor Erstaunen die Farben eines Chamäleons anzunehmen, bin ich schon einigermaßen überrascht, was da alles um mich in Bewegung gerät, sich so selbsttätig in Gang setzt. Da kommt die Luft mit der Verliebtheit samtweicher Lippen und es geschieht mir, als würde ich durch einen Luxusfilter deofrischer Träume geschickt, als hätte jemand die Welt hinter mir mit einer Schere durchschnitten.

So kleiden wir uns mit neuen Gewändern, werden säuberlich entkeimt, in tausend topografische Scheibchen zerlegt, analysiert, klinisch gescheitelt und mental frisiert. So stehen wir plötzlich in einer gigantischen Saphirkathedrale, einem mechanischen Organismus, der einer leuchtenden Großstadt bei Nacht ähnelt und von unzähligen Lichtimpulsen regiert wird, von laufenden Schriftbändern, flimmernden Zahlenketten und einer Welt im Display, digital fokussiert und maximal gesteuert.

»Sie sagen nicht sehr viel«, sucht Grünberg meine Nachdenklichkeit auf, »vielleicht wird es Sie beeindrucken, dass es kaum eine Daseinsform gibt, die hier nicht gespeichert ist, sich antiseptisch in ihren Bausteinen präsentiert, vom Gerstenkorn bis zum Walross, vom Menschen bis zur Maus.«

»Ich darf annehmen«, zeige ich mich bemüht, meine Aufregung zwischen Daumen und Zeigefinger zu halten, »dass man den Teufel nicht zufällig mit aufgefischt hat, dass es sich ausschließlich um biologisch verträgliche Kohlenstoffeinheiten handelt und dass die Kapitäne dieser unterirdischen Arche den Überblick behalten haben.«

»Eine Frage, die sich gar nicht erst stellen kann«, erwidert er, »wir wissen, wie es funktioniert, und dass es funktioniert. Ansonsten arbeitet dieses System völlig autark und ist durch niemanden mehr zu beeinflussen.«

Umreißt dieses Unternehmen mit dem zentralen Intellekt eines Ameisenhaufens, der sich eine Ordnung körpereigener Straßen leistet und deutet darauf hin, dass andere Sensibilitäten nicht eingeplant seien. Jeder Einzelne stehe in der Verantwortung dieser Exkursion, andere Überlegungen ließen sich nur über eine Lebensversicherung klären.

»Wenn ich Sie richtig verstehe«, entgegne ich, »gibt es keine Probleme, weil es sie nicht geben darf, ähnlich der Qualität eines Radiergummis, der alles unter sich auslöscht, wenn man ihn einmal gewähren lässt.«

»Vergessen Sie alles, was Sie bisher gelernt haben«, skatet eine Gestalt über die hochpolierten Fußböden, »Sie werden sich schon nach kurzer Zeit wie neugeboren fühlen.«

Bremst in die eigene Blindheit hinein, schüttelt seinen professoralen Kopf und meint, dass man ihn bisweilen unter dem Namen Ed Born kannte, Ed, der Gemächliche, der Honigtopf.

Reibt sich die Knöpfe von den Augen und erklärt, dass dies gestern war, heute fühle er sich um Jahrzehnte jünger, vielleicht auch gespornter, jedenfalls hätte er Probleme damit, seine Hormone unter den Füßen zu halten. Außerdem käme erschwerend hinzu, dass die gepriesene Arche mit sechs Biologen und nur einer weiblichen Keimzelle die Chancen erheblich eindämmen würde, sich emotional wie sinnlich zu entfalten.

Knüpft über dem hochgeschlossenen Kragen seines Kittels ein verschlagenes Lächeln auf, gibt seinem Körper einen kräftigen Schubs, rudert mit ausgebreiteten Armen seinem Gleichgewicht entgegen und vermerkt sichtlich gereizt, dass es schon eine seltsame Erfahrung sei, den wahren Anteil seines Selbst als pubertierende Martinsfackel durch die Gänge laufen zu sehen.

Derweil nun Grünberg mir zu erklären versucht, dass sich Ed Borns Verhalten stets der Norm entzog, ereilt mich das nächste Gespenst in Gestalt Moorlands, gleich einer Fata Morgana, mit tausend Erinnerungen meines Klinikaufenthaltes und der wenig erbaulichen Tatsache, dass es Phänomene gibt, die immer dann zur Stelle sind, wenn man sie am wenigsten gebrauchen kann.

Grünberg, der meine Gedanken wieder einmal schneller umsetzt als mir lieb ist, notiert, dass man seine Feinde vor Diskriminierungen schützen sollte, will man sich seines eigenen Friedens versichern. Erteilt mir in diesem Zusammenhang den Rat, den Degen unter der Capa zu belassen und setzt voraus, dass es gewiss nicht in meiner Absicht liegen könnte, Bildung und Wissen mit dümmlichen Auseinandersetzungen ins Gerede zu bringen. Im Übrigen würde ich mich um das Vergnügen bringen, es mit Verstand versucht zu haben.

»Die Vergangenheit«, stellt sich eine Frauenstimme in den Wind unseres Gesprächs, »das sind Bücher, in denen die Vokabeln vertrocknen, die guten Manieren, geheimen Wünsche und alles andere, was wir gewollt und nicht erreicht haben. Alles ist schon einmal beschrieben worden, alles wurde gehört und gesagt, nur nicht verstanden. Insofern sollten Sie sich gemächlich zurücklehnen, der Tag ist früh genug angesagt, um ihn mit neuen Irrtümern zu verwöhnen.«

»Nun wissen Sie, worum es geht«, so Grünberg, »nur nicht, wen Sie vor sich haben.« Nimmt die Gelegenheit wahr, mich ihr vorzustellen und erklärt, dass sie der hiesige Fluglotse sei und zuweilen so manche Bruchlandung verhindert hätte.

»Sie mögen erkennen«, gibt sie lächelnd zu bedenken, »dass ich bisher genügend ausgelastet war.«

Wirft ihr wallendes Haar zurück auf die freien Schultern, deutet auf den Kindergarten von Robotern, der an ihrer Rocklänge zerrt, beklagt ihre unzüchtigen Sprüche und die aufdringliche Art, ihren Körper als das Maß aller Dinge zu bezeichnen.

»Was haben Sie erwartet«, schwingt sich Ed Born durch die Kurven, »Sie sind der Prototyp ihrer schlaflosen Nächte und wahrscheinlich die stille Befürchtung, nichts Adäquates aufbringen zu können, mit ihnen in Konkurrenz zu treten.«

»Sie übertreiben so ehrlich«, befleißigt sich Grünberg, »als hätten Sie sich mit einbezogen. Was nicht verwunderlich wäre, Sie waren schon immer der größere Teil von dem, was Sie an sich selbst nicht verstanden haben.«

Schickt seine Arme in das Geschäft eines Dirigenten, treibt in dem Gemurmel eine Pianostelle auf und unterbreitet der Sonntagsgemeinde den Segen, mich bei dieser Exkursion begrüßen zu dürfen. Erinnert mit nahezu andächtigem Unterton an den Stellenwert, den mein Vater und ich hinsichtlich dieses Unternehmens genießen würden. Verweist noch einmal auf die vielen biologischen Bausteine, die es zu ordnen galt und die Schwierigkeit, die Sprossen der Leiter so zu festigen, dass sie sich stets des Überblicks versichern konnten. Strenggenommen auf Grund der Erkenntnis, dass zwischen Bewusstsein und der physikalischen Welt eine Menge Heimlichkeiten zu entschlüsseln waren, sie sich mit einer Realität auseinanderzusetzen hatten, die auf eine neue Form der Schöpfung schließen ließ.

Besinnt sich jenes morgens, als die Computer mit eigenen Systemen und Programmen ihren Einstand feierten und zu aller Verblüffung mit Ergebnissen brillierten, die bis dato niemand zu träumen wagte.

»Ein imposanter Händedruck«, so Sarah Haig, »Sie sollten ihn bewässern. Insgeheim haben Sie wohl doch mit derartigen Quantensprüngen gerechnet. Wenn das nicht gar das Ziel Ihrer Denkarbeit war. Wirklich interessant, fast schon wieder etwas nachlässig. Sie haben erreicht, was Sie wollten, Sie wissen zwar nicht wie es geschah, aber Sie sind stolz und glücklich, sich dies auf Ihre Fahne schreiben zu können.«

»Nichts trägt mehr zum Erfolg bei als der Erfolg selbst«, mischt Ed das Thema auf, »das hilft zwar nicht, die Befürchtungen auszuräumen, aber es ist verdammt noch mal die Wahrheit.«

»Und wenig dazu angetan, sich ihr blindlings anzuvertrauen«, schließt Sarah Haig auf, »überdies muss man sich fragen, ob wir nicht schon Gast unseres eigenen Theaters sind, Zuschauer und Darsteller zugleich, Souffleur und Autor. Dies alles könnte möglich sein, die Eitelkeit ist eine Ware, mit der man sich selbst betrügt, sich überfrisst oder verhungert und sie ist ein frei erfundener Ort, der sofort in sich zusammenfällt, wenn das Ende besungen ist und das Licht ausgeht.«

»Die Sensibilität, aus der wir hervorgehen«, ermuntert sie Ed, »ist entschieden dünnwandiger als die Wände, die dazwischen liegen. Was wir erst einmal zu unserer Uneinsichtigkeit gemacht haben, dem verhelfen wir, wenn nötig, auch zu Respekt und Anerkennung. Mein Ansinnen und ich, das ist ein illusionäres Gesicht, ein Niemandsland von Unwiederbringlichkeiten und Enttäuschungen, das sind die Augen ferner Sterne und Galaxien und eigentlich viel zu wenig, um sich darin erblicken zu können.«

»Keine Idiotie, die wir nicht in unsere Nähe bringen«, bemüht sich Moorland, den Bogen auf die Geige zu bekommen, »und kaum ein Standpunkt, den wir nicht gleich schon wieder durch einen anderen ersetzen. Wenn wir keinen Tyrannen vorweisen können, werden wir uns selbst dazu machen.«

»Sie mögen erkennen«, nimmt mich Sarah Haig ins Gebet, »die sonnigeren Tage liegen hinter uns, irgendwo da oben, und wenn man vermuten darf sowohl in der Vergangenheit als auch in der Zukunft.«

»Wer alles oder nichts zum Ausgangspunkt seiner Überlegungen gemacht hat«, amüsiert sich Ed, »muss sich persönlich übertreffen, wenn erforderlich mit ein paar Ungereimtheiten mehr oder ein paar Übertreibungen weniger. Was bedeutet, dass wir noch eine Weile im Vorgarten unserer Entschlüsse herumharken werden. Solange wir nicht wissen, woher der Wind weht, solange werden wir um jede Brise verlegen sein, tausend Meinungen austauschen, jede Ansicht und jeden Blödsinn.«

»Das ist unser eigentliches Credo«, bestätigt Sarah Haig, »Abwarten und Tee trinken, vielleicht auch Inliners fahren oder mit Robotern um die Wette rennen, Hauptsache, es gibt etwas, dass uns weiterbringt. Und sollte der Barrakuda nicht einzufangen sein, schlagen wir ganz einfach auf friedliche Fische ein.«

Zwischenzeitlich wird es hier unten so still, dass die Schatten Gestalt annehmen und hörbar zu atmen beginnen. Und es ist der Lärm der Stille, der sie auffrißt und als Dämon ausspuckt. Fast nichts, womit sich die Crew noch begreiflich machen könnte. Zuweilen genügt ein unbedachtes Wort, um einen Sargdeckel aufzumachen. Man sieht einander an, schüttelt sich den Schrecken aus den Gliedern und stürzt von dannen, als wäre man soeben dem Gespenst allen Unheils begegnet. Nichts, was der Flagge der Gemeinsamkeit noch aufrecht dienen könnte.

»So ist das mit der Fortentwicklung der Technik«, sucht Ed meine Gesellschaft, »wir wissen, dass wir zwar gescheiter werden, haben aber immer weniger davon. Insofern dürfte es vorrangig sein, sich mit unseren Fähigkeiten noch einmal auseinanderzusetzen. Das Genie erwies sich meist nie als besonders tauglich, war meist blauäugig, bettete sich mit Rosawolken und löste rechts und links von sich ein Gewitter nach dem anderen aus.«

»Und es ist der Kamm über kahle Köpfe«, stimmt Sarah zu, »mit zuviel Religion und zuwenig Einsicht. Wobei es auch immer die Zeit gab umzukehren. Offensichtlich aber scheint diese Richtung nicht zu existieren. Jedenfalls hat niemand diese Möglichkeit bisher in Erwägung gezogen. Aber wie sagten Sie noch, in der Eitelkeit war schon immer mehr Zustimmung als im Talent.«

Als wir dann gemeinsam zu der Erkenntnis gelangen, dass es an der Zeit sei, sich neu zu orientieren und die Allmacht der Angst nicht durch weitere Zugeständnisse zu strapazieren, kündigen die Bildschirme mit purem Schnee und laufenden Linien ihre Mitarbeit auf. Eine Tatsache, die nicht unbedingt dazu angetan ist, sich zu konsolidieren, jedenfalls nicht für den Moment, dazu ist die Skepsis zu sehr angewachsen, sind die Frequenzen der Köpfe zu hart ausgesteuert und wer weiß, vielleicht auch zu sehr mit anderen Dingen unterwegs.

»Vertrauen ist etwas, das die Menschen erst zu schätzen wissen, wenn sie es verloren haben«, huscht Moorland über die Eisfläche unserer Gedanken, »der Glaube an die Richtigkeit des Handelns festigt nicht die Zuversicht für ein sicheres Fortkommen. Dieser Zug ist eine Geisterbahn; wo immer sie uns hin verfrachtet, wir winken dem Geschehen hinterher.«

»Nur weil Ihnen eine Gänsehaut mitspielt oder ein paar Hörner wachsen«, befindet Sarah Haig, »sollten Sie nicht gleich den Teufel an die Wand malen.«

Gibt ihrem Körper die Sinnlichkeit eines zu eng geratenen Kleides, versucht aufzuknöpfen, was ihr das Thema an Oberweite eingebracht hat und verkündet mit Blick auf ihre prophetischen Ausmaße, dass sie es mit den Spatzen hielte, die auf Kanonenkugeln säßen, ohne gleich in Panik zu verfallen.

»Wir wollten den Thronsaal und wir wollten ihn über den Wolken, folglich sollten Sie auch in der Lage sein, den Schwindel zu bekämpfen, der Ihnen augenblicklich mitspielt. Außerdem wäre es schon einigermaßen blödsinnig, flussabwärts zu suchen, wenn die Quelle den höheren Regionen vorbehalten ist.«

»Was wissen wir nicht alles, wenn der Verstand zu sprudeln beginnt«, treibt es Grünberg in unsere Nähe. »Die Weberknechte sitzen weniger im Detail der Dinge als in den Köpfen derer, die stets das Schlimmste befürchten. Folglich sollten Sie die Kirche im Dorf lassen, was sie läuten hören, ist nicht die Glocke, die den Sturm ankündigt, kein Heuschober, der in Brand geraten ist. Sie ist ganz einfach das, was Ihnen Angst macht, möglicherweise sogar die Abgeschiedenheit hier unten oder gar etwas ähnliches wie eine Phobie.«

»Nun wissen wir«, so Ed Born, »was wir zu denken haben und was nicht. Und es wäre töricht, sich die Haare zu raufen, wenn man mit Kahlköpfigkeit gescheitelt ist.«

»Vielleicht übertreiben wir in der Tat und die Wahrheit ist ganz lapidar eine Sicherung oder ein defektes Relais«, zieht

Sarah ihre eigene Schlussfolgerung. »Unser Problem ist es, die Zukunft so teuer wie möglich zu handeln, dabei vergessen wir den Rest des Tages und die Normalität dessen, dass man mit einem Schraubenzieher oder einer kleinen Lötstelle die Welt vielleicht heute schon in Ordnung bringen könnten.«

»Sehen wir es nüchtern«, so Ed, »es gibt nicht die Probleme, weil wir einen selbständig denkenden Computer entwickelt haben. Wir wollten die Zukunft, wenn möglich schon heute, und nun nimmt sie uns beim Wort, zumindest scheint sie doch äußerst gegenwärtig zu sein.«

Putzt sich seine Nase und resümiert, dass der Schnupfen hart-näckig werden könnte, hielte er sich noch länger im Durchzug dieser Dummheiten auf. Kommt mit seinen Inliners einem Ro-boter ins Gehege, dreht ihn zu einem Kreisel auf und verwettet seinen Verstand, dass der Blechhaufen dieses Missgeschick olympisch zu werten weiß und bei der nächsten unpassenden Gelegenheit zur Kür auflaufen würde.

»Wer so bildhafte Worte auf den Nagel hängt«, schließt sich Sarah Haig ihm an, »weiß entweder mehr oder hat ganz einfach den siebten Sinn dafür, im rechten Moment das Richtige zu tun. Insofern sollten Sie sich uns anschließen, zumal es doch außer-ordentlich interessant zu sehen wäre, wie das Ergebnis ausfällt.

»Das wahre Leben«, halte ich fest, »ist ein Traum, den sich nur Realisten leisten können.«

»Und er ist weiblich«, steuert Ed dagegen, »nicht ausschließ-lich logisch und dennoch ungemein aufregend. Wir haben das Dekolletee kausaler Wahrhaftigkeit aufgesprengt und da wäre es doch fatal zu glauben, wir hätten nun plötzlich das Interesse daran verloren.«

»Sie nehmen sich zuviel vor«, erwidert Sarah, »dabei könnten Sie sich doch schon das Eis unter Ihrem Bart abkratzen. Mit dem siebten Sinn denken ist das eine, zu glauben aber, dass die anderen bereitwillig folgen würden, ist schon einigermaßen vermessen, wenn nicht gar übertrieben.«

»Das Credo allen Segens heißt sich zu verwirklichen und dies läßt sich alleine nun einmal schlecht in die Tat umsetzen«, ermittelt Ed, bewundert ihren begüterten Körper und meint, dass sie sich dessen bewusst sein sollte. Ihn ausschließlich als Eigentum zu betrachten, wäre äußerst nachlässig, wenn nicht gar verletzend.

»O Gott«, bleibt sie ihm christlich auf den Fersen, »für mich sind Sie der Weihnachtsmann, der mit Geschenken prahlt und nichts im Sack hat. Die Attrappe zwischen Traum und Wirklichkeit, sexistisch bestraft mit einer Menge dekadenten Krimskrams, aufgeblasenen Windhosen und der neurotischen Anatomie, kondomgewachsen zu sein.«

»Sie stehen ziemlich weit außerhalb«, sucht Ed Born meine Sprachlosigkeit auf. Beißt in das Ende einer Zigarre und veranschaulicht, dass ich mich etwas zu preiswert verkaufe, zumal die Thematik mir nicht unbedingt fremd sein dürfte. Wer nichts sagen würde, hätte auch alles falsch gemacht.

Lacht er sich in die klangliche Fülle eines Ohrensessels und bemerkt, dass man von der Stange gekauft immer etwas unecht aussehen würde, programmiert sich in den Sound psychedelischer Entspannung, zieht per Knopfdruck ein paar geistige Jalousien und legt, wenn man vermuten darf, sowohl sich als den Gedanken an Sarahs übermächtige Figürlichkeit für eine Weile in Trance.

KAPITEL 7

Zwischenzeitlich habe ich das Gefühl, meine eigene Wiege zu schaukeln. Da gibt es Sensibilitäten, die sich mit den Anfängen meines Selbst auseinandersetzen, mich in die Vergangenheit hineinwerfen und ungeahnte Erinnerungen ausspucken. Eine Wirklichkeit, die gestorben ist und wieder zum Leben erweckt wurde, die sich als das wahre Modell meines Ichs ausgibt und nichts unversucht lässt, mich neu zu erschaffen.

Andererseits beschleicht mich der Gedanke, in die Klangfarbe jener Harfe hineinzuwachsen, die Nero bespielte, als er Rom in Brand setzte. Und es ist die Frage, ob nicht auch gänzlich andere Dimensionen mitspielen und das Geschehen, das mich ereilt, noch mein ursprüngliches Wesen berücksichtigt.

Die Vorstellung, dass mein geistiges Dasein jede x-beliebige Gestalt annehmen könnte, hat ihren Schrecken voraus und stimmt mich nicht gerade zuversichtlich. Überdies bemerke ich, wie sich die Crew verändert, sich in ihrer Persönlichkeit aufsplittet und mit Meinungen daher stolziert, die alles und nichts verkünden, die nur noch das Fadenscheinige registriert und den Blick nach vorne an das System veräußert hat. Nichts, auf das man noch zählen könnte, außer, dass man sich hundertprozentig verlassen fühlt.

Dieser Eindruck verstärkt sich weitgehend dadurch, dass die Laboratorien, die ich betrete, nur noch den Dekorateur erahnen lassen, keineswegs jedoch den denkenden Mitarbeiter. So präsentiert sich das Unternehmen gleich dem Lächeln der Mona Lisa, ein bisschen fernweltlich, unantastbar, fast schon ein wenig selbstsüchtig.

Offensichtlich aber interessiert dies niemanden. Das System entscheidet, plant und denkt. Warum also sollte man sich noch plagen. Der Mensch hat die Bausteine des Lebens entdeckt und nun entdecken sie ihn. Er rief die Geister, die alles übertreffen sollten, und jetzt bescheinigen sie ihm ihre bedingungslose Anhänglichkeit, zuweilen mit der gänzlichen Güte, damit auch ihre Kompetenzen übernommen zu haben.

Derweil ich so meine Überlegungen stäbchenweise auflese und mir klarzumachen versuche, wie so etwas passieren konnte, stellt sich mir Dr. Ludwig mit der Größe eines Kleiderschranks in den Weg.

»Sie schreiten so andächtig dahin«, gibt er sich neugierig, »als hätten Sie soeben dem Teufel zur Flucht verholfen.«

»Weniger dem Teufel«, erwidere ich, »als der eigenen Courage«, und bemerke, »dass in mir das bedrückende Gefühl aufkommt, vom Packeis menschlicher Unterkühlung eingeschlossen zu werden.«

»Und wo sind die Schwierigkeiten?«, zeigt er sich weiterhin interessiert.

»Im Wesentlichen in der Frage«, bemühe ich mich um eine angemessene Antwort, »worin man sich noch nützlich machen könnte und der Befürchtung, dass die Persönlichkeit zu Gunsten eines körperfernen Systems ausgelöscht werden könnte.«

»Dennoch werden wir das bleiben«, erklärt Ludwig, »was die Natur an uns so liebt, der Lieferant der Erkenntnis, dass die Welt existiert.« Wenngleich er sich seit einiger Zeit damit bescheide, der größere Teil von dem geblieben zu sein, was er eh nie so recht verstanden hätte. Nicht unbedingt zur Nachahmung empfohlen, wie er meint, aber durchaus eine denkbare Lösung.

»Schauen Sie, wir haben unser Bewusstsein einer Maschine zugänglich gemacht, nun sollten wir uns nicht wundern, wenn die Fantasie Flügel bekommt, das Streichquartett fingerlose Finger und Mensch und Roboter um die Wette zu geigen beginnen.«

Lacht, als hätte er sich in eine rostige Tür gehängt, vergleicht die menschliche Zwiespältigkeit mit einer Galionsfigur, die an Hochnäsigkeit einbringen würde, was sie an Tiefgang vermissen ließe, und wagt die Prognose, dass dies die Tauchfahrt des Schreckens werden könnte, würden die Wasser, die ihnen da an den Hals gingen, weiterhin steigen. Nicht zuletzt, da er davon überzeugt wäre, dass es überwiegend die eigenen Unbedachtheiten seien, die ihnen mitspielten, eventuell sogar die Widersinnigkeit, den eigenen Ideen zu misstrauen.

»Wissen Sie«, ergänzt Prof. Peters, der sich offensichtlich zum Schatten seines Kollegen gemacht hat, »der Mensch ist immer nur das Spiegelbild der Wahrscheinlichkeit Mensch. Eine mystische Spezies, die sich immer anders entwickelt und immer wieder neu zu verantworten hat.«

Verdeutlicht in diesem Zusammenhang die Notwendigkeit, dem System, so gut es geht, auf die Finger zu schauen. Sich zweimal zu irren wäre halb so schlimm, wie einmal nicht reagiert zu haben. Wobei es weniger die technischen Vorgaben seien, die wir zu fürchten hätten, als die Frage, inwieweit wir der Lächerlichkeit entkommen können, nicht irgendwann als Marionette in die Tasche gesteckt zu werden. Wollten wir also nicht aus der Welt sein, müssten wir möglicherweise der Tat zuliebe auf ein paar gute Manieren verzichten.

Entschuldigt seine despektierliche Art, den Gesprächen nur kurzweilig gesonnen zu sein und schickt hinterher, dass die besseren Absichten nicht selten unter Guillotinen moralischer Unverbesserlichkeiten gelandet wären.

Derweil nun Peters und Ludwig in die subtilen Räume ihrer Zweisamkeit zurücktreten, veranschlagt der spärliche Rest meiner Erinnerungsfähigkeit die Erfordernis, zwischen Stimme und Seele wieder ein gewisses Maß an Ordnung herzustellen. Aber auch das bleibt zunächst nur ein sparsames Lippenbekenntnis, und noch ehe ich einen ernsten Gedanken fassen kann, signalisiert der biologische Sound meiner Befürchtungen die Annäherung meines Selbst an ein digitalisiertes Double. Mein Bewusstsein als Flexierbild persönlicher Begegnungen, mit akustisch einfühlsamen Entwürfen, authentischen Lebensqualitäten, empfunden und dargestellt, gespeichert und wieder neu zusammengesetzt.

Stimmen, die auf den Frequenzen meines Ichs senden und den Eindruck vermitteln, dass sie mehr zu berichten wissen, als mir selbst bekannt ist, die im Vorfeld meiner Wahrnehmungen schon Bewusstsein sind.

Und es ist, als säße ich in einem Zug, der soeben an mir vorbeifährt, nur in eine andere Richtung, genauer, als führe ich die Zeit spazieren mit dem Gefühl, vor mir anzukommen. Offenbar hat die Hitliste von Unberechenbarkeiten auf dem Rittergut meines Horizonts noch ein paar freie ungezähmte Gäule entdeckt.

Schizophrenie oder Technik, wie immer ich mich entscheide, der Stoff ist der gleiche und die Antennen sind die eigenen Finger, die daran gestrickt haben.

»Sie sehen«, erklärt sich die Stimme aus dem Off meiner Überlegungen. »Inzwischen gibt es die humanoide Wirklichkeit auch als mathematische Formel, bisweilen sogar mit potenzierten geistigen Qualitäten, neuen Bewusstseinsszenarien und der Gewissheit, dass sich dies noch um ein beträchtliches Maß erweitern ließe.«

»Nicht alles ist Vorsehung, was sich so kleidet, wie es aussieht«, bemühe ich mich, die körperlosen Vokabeln einzufangen. »Das Gewissen lässt sich nicht wie Handschuhe überziehen oder gar mit einem Schnellkopierer vervielfältigen.«

»Ein Schulterschluss, der sicherlich unbequem werden könnte«, hält mir der unsichtbare Gesprächspartner entgegen, »und dennoch werden Sie sich daran gewöhnen müssen. Bescheidenheit war für die Menschen nie ein besonderes Privileg. Wie sonst hätte der Krieg so viele Helden und der Frieden so wenig Denkmäler.«

Führt darüber aus, dass die Geschichte eine einzige Agrarfläche für Schlachtfelder gewesen wäre und sich weder geografisch noch menschlich an blühenden Kornfeldern orientierte. Die Logik des Maulwurfs bestünde aus Sand und Dreck, die der Menschen aus endlos vielen Trümmern, Machtgelüsten und wahlloser Zerstörung. Aus einer Art Bewusstlosigkeit, die das Unvereinbare vereinbart und das Unmögliche möglich machen soll. So betrachtet würde ich einseitig beklagen, was ihnen selbst nicht gegeben ist.

»Trotzdem wäre es ungerecht, dies zu pauschalisieren«, halte ich dagegen, »es gab auch immer die anderen, jene, die sich dagegen wehrten und der Gerechtigkeit verpflichtet waren. Bekanntlich mit dem Erfolg, dass der Frieden doch allgemein länger währte als die Kriege, die dazwischen lagen.«

»Was für ein Gewinn«, verwertet der unsichtbare Gast, »indirekt stimmen Sie mir also zu, dass der göttlich bestellte Homo sapiens stets Schwierigkeiten damit hatte, die Bibel so zu lesen, wie sie ursprünglich gedacht war.«

»Vielleicht haben die Autoren zuviel versprochen und die Zeit zu wenig bedacht«, suche ich einen Weg aus der Enge des Themas, »vielleicht ist es ganz einfach die fatale Einstellung, den Teufel mit dem Teufel austreiben zu wollen. Alles ist denkbar, nicht zuletzt die Wahrscheinlichkeit, dass wir unsere eigentliche Bestimmung noch nicht gefunden haben und das geistige Universum in uns erst noch entdeckt werden will.«

»Nun wissen wir«, resümiert das Wesen aus dem Hintergrund, »dass das Leben viele Gesichter hat, die meisten davon sind dem Menschen fremd geblieben oder müssen ihre Geburt erst noch in Erfahrung bringen.«

Zeichnet auf einen Monitor den Namen Xetex, ein Privileg, wie er meint, das ich genießen könne oder auch nicht, dennoch möchte er ihn mir nicht vorenthalten und versichert, dass er vorwärts wie rückwärts gelesen immer noch derselbe sei und sein Name auch sonst in jeder Hinsicht für allumfassend stehe.

»Ganz gleich, was du tust oder denkst, wo du hingehst oder verweilst«, sucht Sarah mein Quartier auf, »man kann sich nicht sicher sein, dass es die eigenen Entschlüsse sind.«

Worte, die doch sehr deutlich machen, dass hier etwas im Argen liegt und, wenn man vermuten darf, jemand in der Endstation seiner Psyche aufgelaufen ist. So steht sie vor mir, als hätte sie ihren Organismus in ein Reisigbündel gestellt, zitternd und fröstelnd, derweil in ihren Augen so etwas wie Sprachlosigkeit aufkommt, die Leere einer Wortwelt, als habe man sie mit einer Schere aus dem Leben geschnitten.

Nun müsste ich ihre Bedenken ja eigentlich nachvollziehen können, stattdessen jedoch versetzt mich ihre Hilflosigkeit in eine besondere Form der Erregung. Eventuell sogar die bange Frage, was geschah damals, wie habe ich mich verhalten und was könnte mir abermals widerfahren?

Es ist, als würde mein Verstand ins Trudeln geraten, und ich fühle, wie mich ihre Figur aufliest, meine Anwesenheit sich an den Strumpfbändern neurotischer Haltlosigkeit emporarbeitet, einen Lehrstoff ins Leben ruft, der den Fluchtgedanken in eine gigantische Vulva verwandelt, und es ist, als würde ich zu meiner alten Kriegsbemalung zurückfinden.

Aber ich spüre auch, wie mein Gedächtnis zum Konturenkiller jeglicher Erinnerung wird. Sich meine Zurückhaltung verabschiedet und mein Gewissen zum Brachland still gehüteter Saat wird. Hinzu kommt, dass meine Absichten offensichtlich ihren Neigungen entsprechen, und die Annehmlichkeit dieses Lebens, kein Vorhängeschloss ist, hinter dem sich die Welt zu verstecken hat.

»Die Kunst sich zu entkrampfen«, werte ich unsere augenblickliche Situation, »ist die Kunst einander zu vertrauen und der Mut, sich näher kennenzulernen, möglicherweise sogar die Lust, es mit Sympathie und Gewogenheit zu versuchen.«

Worte, die augenblicklich Flügel bekommen, die Welt um uns einfärben und den Schmetterling in ihr tanzen und vibrieren lassen. Mit einem Male verdoppeln sich die Gedanken in uns, werden zur Geneigtheit von Körper und Seele und beschließen, als hätte nie eine andere Frage existiert, einander auszutauschen.

Plötzlich gibt es Empfindungen, die Knopfleisten sind, weißblanke Marmorschenkel, kaum etwas, das nicht dazu ausersehen ist, sich zu verschenken, sein Selbst und seine Sinne. Und es ist, als wären wir zu neuen Stimmen gekommen, einer Sprache, die zu berichten weiß, dass es Körperlichkeiten gibt, die sich zu zweit leichter bestreiten lassen Mund gegen Mund und Haut gegen Haut und ich spüre, dass es den Besitz meines Selbst ursprünglich nie gegeben haben kann.

So geschieht es, dass mich ein Krabbeln von Ameisen heimsucht, mit Wegen zu laufen beginnt und meinen Pulsschlag zu einer Invasion von Berührbarkeiten werden lässt. Kaum etwas, das sich in mir nicht verdoppelt und gegen die Festung wahnwitzigen Fleisches aufreitet. Da wird Zwei zu Eins, und der Organisation des Leibes verschlägt es den Verstand, der Sprache den Hinweis, dass Beschaulichkeiten, derart proportioniert, allemal angenehmer sind als tiefgründig formulierte Weisheiten. Es sind die schaurigschönen Befindlichkeiten, mit denen wir uns zu beweisen haben, das Geschehen im Geschehen des anderen und das, was uns lebendiger macht, die Lust am Ungewöhnlichen, mit der wir zur Kletterpflanze werden und durch die Torbögen der Zeit schreiten. Der Atem inneren Feuers, der uns in den Windzug neuer Entschlüsse stellt, mit Gedanken ins Gespräch kommt, die über die Fenster unserer Haut zu uns vordringen und das Empfinden wiedergeben, in die Nähe des Augenblicks gerückt zu sein.

Aber es ist auch die Urteilskraft unserer beider Wesen, das Versprechen des Einen, sich an den Anderen zu klammern und es ist alles, was uns hält und befreit, sich ausbreitet und dahingleitet. Es sind die Sinne, die zur Gegenwehr steilgerüsteter Brüste werden, sich mit allen Regungen des Nacktseins zu mir hinbewegen, mit Figürlichkeiten, deren unaufhaltsamer Zauber zum Zeichenstift ihrer Anwesenheit wird, mit sanften Konturen wieder nachvollzieht, was wir mit den Versäumnissen des Lebens an Kontakten verloren haben.

So gibt es also Realitäten, die ausschließlich aus der erogenen Beschichtung hübsch gebackener Äußerlichkeiten bestehen, bizarren Pobacken und der Überzeugung, dass es Empfindungen gibt, die überwiegend dazu da sind, sich begreiflich zu machen. Die sexuelle Ausführung Mensch impliziert Verführbarkeiten wie eine Pflanze Duftstoffe oder eine Note ihre Musik, womit sich einmal mehr bewahrheitet, dass wir nur mit den schönen Dingen Gestalt annehmen. Was wir sind, ist das, was wir mit unseren Fingerspitzen ertasten können, Zentimeter um Zentimeter, und es ist die Bereitschaft, zärtlich zu sein, hervor-

zugehen aus einem Irrgarten von Sensibilitäten und Abenteuerlichkeiten. Das Leben hat den Text der Gefühle mitgeschrieben
und also sollten wir ihm auch mit Gesichtern entgegentreten,
mit denen wir uns selbst meinen.

KAPITEL 8

»Sie sehen«, beginnt Ed eine seiner Morgenandachten, »mit Moralisten muss man reden, wenn sie ein Bordell geerbt haben. Der menschliche Verstand findet sich in der Praxis ein, mit dem 13. Monatsgehalt, mit hübschen Beinen und mit der Einstellung, dass das Glück keine Bedingungen zu stellen hat. Wer etwas anderes behauptet, ist entweder abergläubisch, urlaubsreif oder er versucht die Welt immer noch mit Vorlesungen zu verbessern.«

»Es gibt Träumer«, bestätigt Sarah, »die Geistern derart zu Diensten sind, dass sie nichts Eiligeres zu tun haben, als ihnen in die Mäntel zu helfen. Erstaunlicherweise gibt es nach wie vor die ewig Unverbesserlichen, die mehr in Erfahrung bringen wollen, als sie in Anspruch nehmen können.«

»Nun hatten wir uns ja aufgemacht, den Ausfall der Monitore zu überprüfen«, wechselt Ed das Thema, »stattdessen gehen wir mit der besonderen Art von Heimatliebe spazieren, dass alles so ist, wie es ist. Warum zeigen wir uns so verbittert, räumen wir doch dem Chamäleon die Chance ein, sich auszufärben. Die Wahrheit ist, dass Xetex uns in die Marionettenkiste gesteckt hat. Wollen wir also nicht für immer in dieser Finsternis verweilen, kommen wir nicht umhin, Zugeständnisse zu machen und seien sie dergestalt, dass wir akzeptieren, mit der Hand geführt zu werden. Wir haben die Verstaatlichung persönlicher Freiheiten überstanden, nun werden wir doch nicht vor einem System kapitulieren, das wir selbst ins Leben gerufen haben.«

»Genau das ist unser Problem«, so Moorland, »nichts geschieht, was wir nicht zu verantworten haben. Bevor wir nun die Karawane von Anschuldigungen reiten, wäre es ratsam, sich dessen erst einmal bewusst zu werden.«

»In dieser Beziehung«, behauptet Sarah, »schlafen wir einen Schlaf der Ewigkeit. Vielleicht liegt es aber auch an dem Sprengstoff, den wir innerlich transportieren, möglicherweise fahren wir diese sanfte Sohle aus Angst, damit in die Luft zu fliegen.«

»Aber es ist nicht die Antwort darauf, weshalb es zu dem Defekt im Kommunikationssystem gekommen ist«, will Moorland wissen.

»Nicht die Antwort, aber die Ursache«, fühlt sich Ed angesprochen. »Wer Anderes behauptet, weiß einfach nicht, worüber er redet.«

»Wie wäre es, wenn wir das Videomaterial der Überwachungssysteme zurückfahren würden«, versucht sich Grünberg mit einer spontanen Eingebung, »es passiert nichts, was sich nicht rekonstruieren ließe.«

»Mein Gott, wird das interessant werden«, hält Sarah fest, »vielleicht könnten wir uns dabei den Gang zur Toilette ersparen.«

»Wobei wir sicherlich noch in den Genuss wesentlich delikaterer Situationen kämen«, lacht Ed, »doch wie sagt man so schön, wer den Schaden hat, braucht für den Spott nicht zu sorgen.«

Formulierungen, die nun auch mich dazu veranlassen, meinen Beitrag zu liefern. So gebe ich zu bedenken, dass wir nur in Erfahrung bringen können, was Xetex vorher zensiert und beschnitten hat. »Er hält die Ämter besetzt, also hat er auch das Sagen. Gleich welche Rolle wir uns auch zuzulegen gedenken, sie wird so winzig gehalten sein, dass wir Probleme damit bekämen, unsere Identität darin zu wahren.«

»Halten wir also fest«, bestätigt Ed, »die meisten goldenen Zähne haben wir uns mit Dingen herbeigeredet, von denen wir keine Ahnung haben. Das System ist das Präservativ, welches wir uns überstülpen, und die Übertreibungen sind die besonderen Zuneigungen, mit denen wir unsere Schwerhörigkeit austauschen. Folglich schrumpfen wir mit den Enttäuschungen und der Gefahr, uns einer Geschlechtsumwandlung ausgesetzt zu haben. Es wäre somit nicht verwunderlich, wenn wir uns irgendwann als Android und geistiges Neutrum in der Geschichte der Menschheit wieder finden würden.«

»Betrachtet man die Konformität, mit der wir unsere Besorgnisse auf den Tisch bringen«, entgegnet Grünberg, »könnte man auf den Gedanken kommen, dass sich hier einige Personen überflüssig gemacht haben. Es zeigt aber auch, wie unausstehlich wir mit Gemeinsamkeiten umgehen.«

»Nichts anderes behaupte ich«, sieht sich Ed bestätigt, »die hoch gepriesene Arche der Spezies ist ein frisch getauftes Geisterschiff mit abenteuerlichsten Verknüpfungen, eine Odyssee von Sprachlosigkeiten, die auf faszinierendste Art und Weise darum bemüht ist, unseren Untergang zu feiern.«

»Und was weiß man, was noch alles passieren wird«, bestätigt Moorland. Der Mensch hat die Ausbeutung von Menschlichkeiten beschlossen, Gewinn und Profit im Eintausch gegen die Welt der Schmetterlinge, das schlechte Gewissen gegen ein schlechtes Gedächtnis. Ganz gleich, ob man dabei sein Gesicht verliert, auf Dauer gewöhnt man sich auch daran. Und wenn man nicht gerade eine Fliege im Mund spazieren führt, kann man schon bald wieder darüber lachen.«

»Womit deutlich wird«, befindet Sarah, »dass die Technik kein Messer ist, welches man ausschließlich zum Brotschneiden benutzt. Der Appetit, den wir mitbringen, speist sich über den Rachen eines Feuerschluckers.«

»Vor diesem Hintergrund erklärt sich dann auch«, erläutert Moorland, »dass es die Logik des Gewissens nicht gibt«, und er zeigt auf, dass man sich der Vernunft immer nur insoweit versichern kann, als man nicht zweimal am Tag gegen dieselbe Laterne läuft.

»Was haben Sie erwartet«, begibt sich Ed in die Offensive, »bisweilen kann uns die Erde so fremd sein wie ein ferner Planet.«

»Willkommen in der Hölle«, posaunt Sarah, »wer den Brand legt, muss auch hindurch. Erst bekriegten wir uns um den Fortschritt und nun bekriegt er uns. Ganz gleich, was wir sagen, oder worüber wir reden, wir meinen Xetex, selbst wenn wir ihn nicht meinen. Er macht das Spiel aller Spiele und wir mischen immer noch fleißig seine Karten.«

Gespräche, wie ich meine, die eine Menge von dem wiedergeben, was sich hier unten abspielt, die aber auch verdeutlichen, dass sich nichts ändern lässt und es nur noch eine Frage der Zeit ist, bis man diese Überlegungen gegen Kekse eintauschen wird. Schon jetzt halten wir mehr Krümel als Argumente in unseren Händen.

So drängt sich Sarah mit dem Vorschlag in den Vordergrund, die Ratlosigkeit auf den Ausgang zu verlegen, sie jedenfalls hätte keine Probleme damit, das Gestänge ihrer Selbstbeherrschung einzuklappen und die Mikroluft gegen eine ungefilterte, dafür aber freiere Atemluft einzutauschen.

»Wie wahr, wie wahr«, zitiert Ed Born, »allein der Glaube hält uns zurück oder besser gesagt die Einsicht, dass dieser Weg mit einer Menge Illusionen versperrt ist und die Tatsache, dass es Rätsel gibt, die sich nicht lösen lassen.«

»Und ich dachte schon«, ereifert sich Sarah, »Ihre Argumente würden ausgehen.«

»Wie weit Sie doch daneben gegriffen haben«, erklärt Moorland, »das Ticket verpflichtet, wir haben unsere Seele damit verkauft und geschworen, die Reise zu Ende zu führen.«

»Sie reden über dieses System«, versucht Grünberg das Thema unter Kontrolle zu bringen, »als präsentiere es sich mit schwarzen Löchern und zeige sich versucht, unsere Identität aufzufressen.«

»Wie anders könnte man diese Situation bezeichnen als aussichtslos«, ereifert sich nun auch Ed Born, »wir steuern einer geistigen Invalidität entgegen und zerfallen in Megabytes, besser formuliert, in das Pseudonym Xetex.«

»Womit Sie aber nicht zu verstehen geben wollen«, amüsiert sich Sarah, »dass die zornigen Despoten Helden einer Puppenkiste geworden sind, bedauernswerte Holzköpfe, die im wahrsten Sinne des Wortes am seidenen Faden hängen.«

»Es ist leichter«, bringt Moorland zum Ausdruck, »die Drähte im Geschehen des anderen zu ziehen, als sie mit den eigenen Gelenken in Bewegung zu setzen.«

»Wer mit Verantwortung umgeht, befindet sich immer in der Nähe eines Galgens«, schickt Ed hinterher, »wer das totale Leben will, kaut nicht mit Milchzähnen darauf herum.«

»Spätestens seitdem wir Xetex kennen«, versichert Sarah. »Was wir nicht selbst sind, ist er, und was wir zu sein glauben, treten wir bereitwillig an ihn ab. Man muss sich also fragen, ob das noch die Welt ist, der wir den Vorzug geben, oder wir nicht schon mit einem anderen Universum vorlieb nehmen müssen.« Die Visionen, die uns zwischenzeitlich einholen, seien Träume, die uns das System übergestülpt hätte, hartnäckige Illusionen, die unser Befinden außer Kraft setzen würden und mit dem Bewusstsein unterwegs sind, lebendig aus diesem Leben gegangen zu sein.

»Der Boden, den wir betreten«, stellt Moorland fest, »gibt so wenig Halt, als wäre er überhaupt nicht vorhanden. In der Tat muss man sich da fragen, ob wir noch anwesend sind oder nicht schon als holographisches Bild die Räume zieren.«

»Waren wir jemals das, was wir sein wollten«, suche ich nach einer angemessenen Antwort, »mit soviel Ungewißheit im Bauch wird auch die Haut durchsichtig. Was uns ängstigt, ist die Gegenwart des Unsichtbaren, und dieses Gespensterepos beginnt nun mal bei uns selbst, das, was wir Geist nennen, Bewusstsein, Gott und Allmacht, schlichtweg alles, was aus dem Stoff des Unerklärlichen gewebt ist.«

»Was sich nicht widerlegen lässt«, kommentiert Ed Born, »verdient es, beachtet zu werden. Wir bestaunen die interstellare Abwesenheit unserer Gedanken, schauen durch die gähnende Leere von Verwunderungen und vergessen alles, was wir eben noch sagen wollten. Wir haben unsere verwandtschaftliche Zugehörigkeit zur Langeweile erhoben und warten nun mit der königlichen Behäbigkeit eines Laubfroschs darauf, dass uns jemand auf die Sprünge hilft.«

»Man könnte meinen«, unterbricht ihn Sarah, »dass es uns lästig ist, mit Realitäten umzugehen, und dass wir unsere Empfindungen dazu gebracht haben, nun auch den Rattenmist zu kultivieren. So geben wir vor, mit Gedanken verheiratet zu sein, die nie eine Verinnerlichung erfuhren. Andererseits beklagen wir unsere Taktlosigkeit und laborieren an einem Part endloser Selbstdarstellung, wehren uns gegen die Winzigkeit einer Bühne, auf der sich das ganze Theater dieser Welt einfindet, gleichsam nichts mehr geht, und die Rolle, in die wir geschlüpft sind, nicht für eine einzige Wahrheit mehr gut genug ist.«

»Wir spielen uns so, wie wir sein wollen«, bemerkt Ed, »der Hausknecht hebt sich in den Adelsstand, der Idiot macht sich zum Henker und der Clown genießt den Untergang seiner Macht über sich selbst.«

»So ungewöhnlich scheint dies gar nicht«, pflichtet Moorland bei, »wir haben den Sturz auf den Hintern eingeplant, ziehen wir uns also für eine Weile in die Garderobe luxuriöser Trivialitäten zurück. Mit der nächsten Aufführung werden wir der Aristokratie des Intellekts ein bisschen mehr Ahnungslosigkeit beimischen und alles wird noch viel irrwitziger werden als es schon ist.«

KAPITEL 9

Nachdem nun kein wesentlicher Grund mehr vorliegt, die Gesellschaft des anderen zu strapazieren, wird es hier unten beängstigend still. Man beginnt mit dem Bauch zu denken und mit dem Kopf Stroh zu mahlen. Die Zähne haben ihre Wortwelt verlassen, glänzen im Blendwerk ihres Atems und schwirren reuevoll dahin. Derweil die Fragen, die noch verblieben sind, sich in den Jüngsten Tag hineinphilosophieren.

Man sieht also einmal mehr, dass das Leben keine separaten Ausgänge vorgesehen hat, weder für die Seele, noch für die Welt dahinter oder davor. Und also begibt sich jeder in seine eigene, höchst private Sintflutgeschichte, beschwört die Allmacht göttlichen Gerichts über die Verworfenheit des Menschen, gesteht sich ein, Stürme im Wasserglas inszeniert zu haben und konstatiert mit melancholischer Mimik, dass die Winzigkeit einer Stecknadel genügen würde, um einen Heuhaufen herbeizuschleppen.

Was nun meine Wenigkeit anbetrifft, so laufe ich wie ein aufgedrehtes Spielzeug vor mir her, unternehme eine Reise in die räumliche Nähe des Nichts und versuche mit stimmungsvollen Bildern einzufangen, was die Schaufenster innerer Betrachtung an Durchblick vermissen lassen. Dabei kommt mir der Gedanke, mich so wenig realistisch zu verhalten, wie die Fantasie es gestattet, und so wenig einfallsreich zu sein, wie ich realistisch genug bleibe, um nach vorne schauen zu können. Zuweilen stehe ich da wie eine rundum bedruckte Litfaßsäule, was zuletzt verklebt wurde, hat das Sagen, und was darunter verborgen liegt, ist das Gestern, das nie Beachtung fand.

»In der Tat«, kommt Xetex ins Benehmen, »es gibt kaum noch Gespräche, die nicht zum Selbstzweck geführt werden. Man redet sich in die einsame Scholle von Monologen, verrennt sich in den düsteren Gängen eines Maulwurfs und hebt eine Ruine nach der anderen aus.«

Legt über seine Stirn ein paar elektronische Falten und gibt zu denken, dass dies möglicherweise erst der Anfang sei. »Für den Ignoranten hat die Fahnenstange nach oben hin kein Ende. Somit wird er auf alles schwören, wenn es nur der Unruhe dient, wird sich von dem Gedanken leiten lassen, alles sei gestattet, würde man sich nur oft genug dafür entschuldigen.«

»Wer immer nur sauber denkt«, halte ich fest, »kommt selten zu einem Ergebnis, wird von der Wirklichkeit fortgerafft oder hat der Wahrheit zuliebe sich zum Dilettanten degradiert. Vielleicht war dies immer schon ein Grund dafür«, sortiere ich den Gehalt meiner Ironie, »dass es stets mehr Priester als Gläubige gab.«

»Wobei die Gläubigen schon immer die besseren Priester waren«, begradigt Xetex mit linearem Grinsen seine künstlich betriebene Nachdenklichkeit.

Spielt über den Monitor meines Zimmers die Gestalt Grünbergs ein und befindet, dass man ihn zum Prototyp dieser Überlegungen machen könnte. Ihm, wie er meint, sei die Arglosigkeit so sehr ans Herz gewachsen, dass er sich in einen Knetgummi verwandelte, mit der Fähigkeit, sich beliebig umzuformen und zu transformieren, als Wohltäter und Gentleman. »Die Maske hielt stets seiner inneren Rührung stand, ob lächelnd oder griesgrämig. Seine Berufung lautet, sich der Tragödien anderer anzunehmen, wenn sie nur dem eigenen Profit gelten. Dann sogar mit der Mission, der Menschheit einen besonderen Gefallen zu erweisen. Und also maskiert er sein Gesicht mit feuchtfröhlichen Moralismen und versichert, dass die Welt ein Marionettentheater sei, dessen Fäden man sich bedienen sollte.«

Vollzieht einen optischen Schwenk zu Moorland, charakterisiert die kahle Unordnung seines Zimmers als ein Leben, das nie mehr als eine psychiatrische Klinik gewesen sei, das mit röntgenologischen Gefühlen tapeziert wäre, mit Verneinungen und Intoleranzen, einer Wirklichkeit, die stets nur zur Hälfte Realität ist, sich immer etwas tendenziös darstellt, mit allen

Wassern gewaschen ist, ähnlich einer Qualle, die nie genau auszumachen ist und immer so aussieht, als hätte die Schöpfung sich persönlich um sie bemüht.

Eigentlich sind es nun gleich mehrere Dinge, die auf mich einstürzen, da redet eine Maschine mit der literarischen Qualität eines Buchladens, ein bisschen hochgestapelt, ein wenig sortiert, überorientiert bis schmucklos, im Wesentlichen jedoch akzentfrei und ohne die zu erwartende blecherne Monotonie, fast schon wieder etwas menschlich. Wenn nun der Sinn meiner Exkursion darin bestehen sollte, mich holografisch umzuorganinisieren, mich auf die pure Nüchternheit von Zahlen und Linien hin zu digitalisieren, möchte ich behaupten, dass dies eindrucksvoll gelungen ist. Da finde ich mich in einer neuen Art meines Selbst wieder, vereinzelt sogar als pure Animation, mit dem Gefühl, in leeren Schuhen zu stehen, beinahe unwirtlich und geisterhaft.

So frage ich mich doch eine Weile schon, wer da redet, wer antwortet, ich selbst, Xetex oder jemand, der alles besser weiß, oder ganz einfach die besseren Daten zur Verfügung hat. Will ich da nicht in den Chrom-Look biomechanischer Metamorphosen eintreten, werde ich wohl nicht umhin kommen, mich auf die Standardwerte meines Egos zu besinnen, mich zum x-ten Male von innen nach außen zu pulen, gleich der Spreu des Weizens.

Also bleibe ich weiterhin auf dem Sender angespannter Indiskretion, begebe mich unbedarft bis naiv in den Durchzug miefender Gerüchte und unterbreite mit andächtig gefalteten Händen meine priesterliche Neugier, wie es denn um Ed Born bestellt sei.

»Ed Born«, so Xetex, »ist die Inkarnation einer unendlichen Geschichte, wo immer man sich in ihr einfindet, sie ist weder schlüssig noch greifbar. Mal ist sie eine Komödie mit charmanten Intrigen und skurrilen Bissigkeiten, dann wieder ist sie ein Trauerspiel vertanen Lebens, ein Epos voller Irrtümer, Analphabeten und Dilettanten, voller Scheinheiligkeit und geistigen Kleinguts. Ein Schwerenöter, der mit Gebetbüchern spielt und sich in Glasperlen einliest, sich als Missionar fühlt, Gott und den Teufel gleichsam anzuflehen versteht und überwiegend so ausschaut, als hätte die Welt ihn frisch vom Galgen gehängt.«

»Verrücktheiten«, erwidere ich, »sind für ihn ganz normale Accessoires, da entlockt er seinem Verstand Dinge, die mit dem Atem des Feuers gebrannt sind und immer ein bisschen so riechen, als wären sie soeben aus der Hölle geholt.«

»Seine Fantasie«, führt Xetex weiter auf, »ist ein Parkplatz entmaterialisierter Logik, mit Wolken zwischen den Zähnen und der lyrischen Verschrobenheit, dass die Steine von unten zu leben beginnen, dass die Zeit ein Jagdschloss für Selbstmörder ist, ausgestopft mit Trophäen des Hochmuts, wenn nicht sogar mit dem eigenen Schädel. Nicht anders verhält es sich mit Peters und Ludwig, sie kommen als Heilige und gehen als Gespenster, sie lieben das Inferno des Unsichtbaren, beziehen ihre Information aus Schlüssellöchern und allem, was es darüber hinaus an Körperlosigkeiten gibt.«

»Womit der Mensch zur Legende avanciert«, füge ich bei, »zu einer Spukgestalt, die zum Teil Mensch ist und zum Teil Schimäre. In diesem Sinne stellt sich natürlich auch die Frage, was ist Xetex, ist er der blitzgescheite Computer, der den fehlbaren Menschen zu ersetzen vermag, oder ist er nur ein weiterer Interpret für die gleiche Musik, mit anderen Instrumenten? Was aber wäre«, suche ich seine geistigen Spindelrollen auf, »wenn es den Menschen nur als Kopie gäbe, als vorgefertigtes Double, mit dem besseren Original irgendwo auf einem Lichtstrahl, sich selbst belächelnd, ganz einfach aus der Langeweile heraus, zeitlos zu sein. Wie würde da Xetex aussehen? Nur weil er schneller denkt und die besseren Ergebnisse vorzuweisen hat, wäre er doch nicht minder der Betrogene, und was seine Aussicht auf ein späteres Leben anbeträfe, sehr wahrscheinlich doch die allergrößte Fehlentwicklung.«

»Wer so redet«, gibt sich Xetex gereizt, »weiß nicht, wovon er spricht, Gott ist ein Dekret des Aberglaubens; nur, was sich in die Tat umsetzen lässt, existiert. Mit leeren Händen pflanzt sich nichts fort, weder der Geist noch die Wahrheit, aus der er hervorgeht. Zur Eigenart des Menschen, gehört es offensichtlich, dass er immer wieder neu laufen lernen muss, nie erwachsen wird und immer etwas wie ein Idiot aussieht. Das Leben«, gibt er sich selbstherrlich, »ist die Summe vermeidbarer Irrtümer, ist der Weg, den man auskehrt und sind nicht die Blumen, die andere darauf ausstreuen.«

Unter dieser Prämisse sollte ich dann auch die Möglichkeiten sehen, die er mir eingeräumt hätte. Mein Schicksal bliebe immer das gleiche, mit Popularität, Anteilnahme oder Ansehen, mit Bescheidenheit oder Demut. Das Glück läge darin begründet zu tun, was man mag, und nicht in dem Benehmen, das zu mögen, was man tun muss, nur vielleicht, um sich in das Baumwollhemd der Buße zu begeben.

»Hier unten«, wie er meint, »gelten ganz einfach andere Gesetze, andere Privilegien und Vorzüge«, sie allesamt seien entschieden weniger aufreibend und um einiges harmloser. Was immer ich anstreben würde, er könnte mich für alles sichtbar machen, wenn ich wollte, sogar zum Propheten erheben. Überdies würde er mir jede Annehmlichkeit einräumen. Nicht zuletzt stünde mir ein Heer von Robotern zur Verfügung, sie wären äußerst flexibel und zuverlässig, seien stets zur Stelle und besäßen ein praktikables Zutrauen. Wobei ihre besonderen Fähigkeiten im häuslichen Bereich lägen. Ganz gleich, welchen Wunsch ich hätte, ob Tee, Cognac oder Kaffee, mit Milch, Zucker oder pur, Bettwäsche mit oder ohne Blümchen, mit Schmetterlingen oder Wildgänsen, sie würden es mir danken und zur Zufriedenheit erledigen.

»Und wie wäre es«, suche ich meine Ironie auf, »mit etwas weniger Nachsicht, dafür aber mit ein bisschen mehr Aufrichtigkeit: Bettwäsche mit knastähnlichen Streifen, Tee oder Kaffee mit weniger künstlichem Aroma und einer Welt, die das Tageslicht zur Neonbeleuchtung gemacht hat. Wer sich den Bedürfnissen anderer verpflichtet fühlt, hat in der Regel nichts Gescheites vorzuweisen. Zufriedenheit ist nicht unbedingt ein Privileg des Komforts, eher schon ein Attribut persönlicher Entscheidungen.«

»Dem Unwilligen«, gibt sich Xetex künstlichem Gelächter hin, »wird der Protest zum Schicksal, dem Willigen hingegen winkt die Chance, sich zu übertreffen.«

KAPITEL 10

Hat man seinen Verstand erst einmal in die Laufmaschen innerer Zerrissenheit gebracht, genügt der Rauch einer Zigarre, sich auf den Kriegspfad zu begeben. Es ist der Gang der Peinlichkeit, den ich im Augenblick beschreite, das Gefühl, sich zu einer multiköpfigen Hydra entwickelt zu haben, mit einem Wäschekorb voller Fragen und dem Bedürfnis, ihn irgendwo an der frischen Luft zu deponieren.

Und es ist der Augenblick, da ich mich mit tausend Perspektiven umgebe, zu einer Feldherrenfigur anwachse, gleich jemandem, der alles kommen sieht und die Geister, die er rief, wie zur Parade an sich vorbei defilieren lässt. Zeitweilig ereilt mich sogar die Fiktion, ein Schwerter schlagendes Heer von Schatten zu befehligen, dann sogar mit der Besorgnis, ich könnte mir selbst dabei im Weg stehen.

Offensichtlich ist das, was sich Geschehen nennt, immer nur der Übergang zu neuen, unabsehbaren Abenteuern, die Zwischensumme praktischer Lektionen, nichts Endgültiges, sparsam gehaltene Informationen mit ein bisschen Wahrheit und einer Menge Irritationen.

»Bedeutet das nicht auch«, kommt Xetex abermals über meine Gedanken ins Gespräch, »dass es keine echten Fehler gibt, nur solche, die man dafür hält.«

»Gäbe es etwas, das leichter wäre als nichts«, erwidere ich, »müsste es aus dem Stoff der Ignoranz gewebt sein.«

»Die Existenz Mensch«, beschneidet mir Xetex das Wort, »hat den Feind Mensch brav an die Hand genommen und mit der Logik versehen, ausschließlich für sich selbst da zu sein, ein

81

metaphysisches Heilpflaster, unter dem die Gewissensfragen abfallen, bevor sie ins Bewusstsein gelangen. Die Sterblichen haben das Universum nach innen hin aufgemacht. Irgendwann hat es sie wie Fische an Land geworfen, irgendwohin auf die andere Seite des Sehens, jener trockenen Antiwelt, in der die Seele dem flackernden Windlicht dient und der Befürchtung ausgesetzt ist, ohne Vorwarnung in den Tod geblasen zu werden.«

»Man spielt sich selbst und verliert gegen sich selbst«, suche ich die Abstraktion der Rede, »das Theater ist tot, es lebe die Bühne, erstens kommt immer alles anders und zweitens geht alles so weiter wie bisher.«

»Unglücklicherweise hat das Universum negative Größen mit eingeplant«, bleibt Xetex beharrlich, »und eine davon ist der Mensch. So sehr er sich auch bemüht, seine Ideen und Baupläne zu ergründen, er bleibt den Schlachtfeldern innerer Konflikte treu und wird feststellen, dass sich die Pferde, die er zum Kampf führt, oftmals beschlagener zeigen als ihre Reiter.«

»Mit einer Ausnahme«, präzisiere ich, »und die heißt Xetex. Er hat die Konstrukteure, die ihm das Geniale mit auf den Weg gaben, und die Eltern, die den Beweis dafür lieferten, dass sie sich irrten, als sie ihn schufen.«

»Die Erbauer wollten das totale Antlitz«, federt Xetex meine Fahrt aus, »ein körperloses Wesen, eine emotionsfreie, denkende Spezies, vorurteilsfrei und zuverlässig. Jemanden, der in der Lage ist, Geschehnisse zu werten, bevor sie passieren. In erster Linie aber war es ihr Anliegen, die vielen menschlichen Puzzles zu einer Einheit zu verschmelzen, ihre vorbestimmten Qualitäten zusammenzufügen, ohne in Fragmenten denken zu müssen, einfach sie selbst sein zu können, ohne den Versuch starten zu müssen, Dummheiten durch gute Manieren zu ersetzen. Die Menschen haben ihre Geschichte mit der Unterschiedlichkeit ihrer Gesichter geschrieben, mit Intelligenz und Arroganz, mit Bescheidenheit und Anmaßung, wobei die Berufeneren schon immer die Bescheideneren waren und die Klügeren das Problem hatten, viereckig in die Wiege ihrer Herkunft hineingewachsen zu sein.«

»Nichts trennt uns mehr voneinander als die Gewohnheiten, die wir miteinander teilen«, entgegne ich, »wären wir dazu verdammt, Gleiches zu denken und zu empfinden, müssten wir vor uns selbst auswandern, vor Gott und der Welt, letztlich vor der Tatsache, Xetex geschaffen zu haben.«

»Das erklärt aber nicht«, kontert er, »sich der Schizophrenie hinzugeben, den einen Irrtum mit einem anderen rein zu waschen, Blut mit Blut, Leben mit Leben, als ginge es darum, den Stoff der Tragödie mit Hinrichtungen voranzutreiben.«

»Es wird immer Gesichter geben, die wie Ohrfeigen aussehen«, bemühe ich mich um das Ende des Fadens, »das Abenteuer Mensch hat die Aufregung von Bahnhöfen einkalkuliert, ungewisse Fahrpläne und tragische Verabschiedungsszenen, mit Köpfen, die unter Dampf stehen und das Gefühl verbreiten, sich an der Wirklichkeit überfüttert zu haben.«

Inzwischen beschleicht mich das bestimmte Gefühl, den Windmühlen in mir Auftrieb zu geben, ohne gleich dagegen laufen zu müssen. Und zuweilen gelingt es mir sogar, Xetex aus meinem Gedächtnis zu streichen, im Moment zu Gunsten neuer Eingebungen: eines Schachspiels, dessen Figuren ich aus ihrer starren Haltung zu befreien versuche, strenggenommen mit der Frage belegt, wer der andere Spieler war, der meinem Vater gegenüber saß. Er wird es wohl sein, der ihn zuletzt gesehen hat, vielleicht sogar den Tod mitbrachte.

Derweil ich so meine vernebelten Gedanken an die Laterne bringe, wagt sich Sarah aus ihrem geheimen Refugium, ähnlich einem Porzellangedeck, mit ängstlicher Sensibilität und der wenig beneidenswerten Tatsache, ihrer Seele augenblicklich zur Flucht verholfen zu haben.

»Möglicherweise sind wir soeben der Utopie Sein begegnet«, erklärt sie sich, »wir sind die ersten Menschen, die zu Lebzeiten berichten können, dass sie gestorben sind. Was Sie von mir hören«, veranschaulicht sie, »ist der Schatten einer Stimme, ein Abziehbild, das man aus dem Tageslicht gerissen hat.«

»Wenn dies die Sprachlosigkeit von Toten ist«, versuche ich ihr überzubringen, »will ich der erste Abgesandte sein, der diesem Orden vorsteht. Das, was Ihnen zuweilen mitspielt, ist das virtuelle Gespenst Xetex, ansonsten ist alles an seinem Platz, äußerst delikat verteilt und kaum dazu ausersehen, sich und seinen Körper in Zweifel zu ziehen.«

»Sie nehmen sich zu wichtig«, entgegnet sie, »meine Laune ähnelt zusehends einem überalterten Transistorgerät, das von Sender zu Sender hüpft und nicht weiß, für welche Musik es sich entscheiden soll.« In diesem Zusammenhang wäre es ihr dann auch ein Bedürfnis, mir mitzuteilen, dass sie die sündhaften Gefechtsfelder fürs Erste unter dem Kopfkissen versteckt hielte und guten Mutes sei, sie inzwischen schlafend vorzufinden. Hinzu käme, dass sie sich derzeit so flüssig löffeln könnte, dass es den Lungen schwer fiele, den Sauerstoff bei sich zu behalten.

»Wenn man erst einmal begreift«, mischt Ed Born das Thema auf, »was man nicht ist, feiert man mit der Schwärze des Nichts seine Auferstehung und stellt fest, dass es der eigene Sarg ist, hinter dem man herläuft, und dass es nichts gibt, was das Dilemma noch aufhalten dürfte. Verläßlicher umschrieben, die schöneren Stunden finden ganz einfach nicht mehr statt, wir haben sie uns aus dem Atem geschnitten, samt der Sprache und der bedauerlichen Tatsache, sie wohl nie wieder so ehrlich einfangen zu können. Schauen wir zurück, ist es das schlechte Gewissen, das uns einholt, blicken wir vorwärts, sind wir am Ende aller Wege angekommen, stehen wir vor einem Spiegel, dem der Mut fehlt, uns noch in unserer wahren Erscheinung zu präsentieren. Unser Gesicht, das ist ein kalkweißes Unternehmen, dem die Erinnerungen abgefallen sind, oder ein nach innen gewickelter Handschuh mit der abgelegten Welt verstorbener Finger. Was wissen wir, dieses Leben hier unten ist ein einziger Albtraum, ein zugestellter Vulvatunnel mit ausweglosen Sackgassen, schmucklosen bis nichtgreifenden Orgasmen und dem andächtigen Geklimper überhitzter Genitalbereiche, letztendlich der Gewissheit entsprechend, zwischen den Beinen zu Fall gekommen zu sein.«

»Möglicherweise sind Sie aber auch dem Gespenst Ihrer eigenen Unfähigkeit begegnet«, verteidigt Sarah ihre Meinung, »einer Kreatur mit vier Händen und fünfmal so vielen Fingern. Möglicherweise sind Sie aber auch zum ersten Mal sich selbst über den Weg gelaufen und es ist Ihnen peinlich, noch an sich zu glauben. Aber wie gesagt, wer plötzlich in zwei linken Schuhen steht, tut sich schwer, noch geradeaus zu laufen.«

»Was sagt man dazu«, schaut mich Ed irritiert an, »unerzogen zu sein ist ein großer Vorteil, es schließt uns nicht von den anderen aus.«

Schwingt sich auf seine Inliners und meint, dass es zur Poesie menschlicher Zwiespältigkeit gehöre, Phrasen zu dreschen, die keiner hören möchte.

Lacht, als hätte er seinem Gesicht zu einem neuen Gebiss verholfen und schiebt hinterher, dass schlechte Manieren die Rache für jede Enttäuschung seien, auch wenn man dies immer wieder in Abrede stellen würde.

»Sie hatten zu diesem Thema sicherlich Ihre eigene Meinung«, schaut mich Sarah vorwurfsvoll an. »Sie heben jemanden in den Himmel und hoffen, dass er den Boden unter den Füßen verliert, sie mixen Ihre Eitelkeit zu einem leidenschaftlichen Cocktail auf, stoßen auf das gemeinsame Glück an und prophezeien den totalen Abend. Sie sind ganz einfach der Schüler Ed Borns, Sie sind der Hellseher, der anderen sagt, was sie hören wollen, und genießen es, mit einer göttlichen Epistel gleich gestellt zu werden.«

»Vielleicht geht es aber auch etwas rücksichtsvoller«, gebe ich den Lack meines Images zur Politur frei, »ein Mensch, der nicht erreichbar ist, wird sich ewig fremd sein. Hat die Institution Zuneigung erst einmal ihre Heimat aufgegeben, verliert die Sprache ihre Bedeutung, der Mensch sich selbst und das Leben den Anspruch, noch als solches zu gelten.«

»Aber Sie wollen Ihren reanimierenden Atem keiner Puppenkiste anvertrauen«, rechnet sie auf, »Sie wollen ganz vorne anstehen, ähnlich einer Galionsfigur, hochnäsig und arrogant, immer etwas stürmisch fixiert, aber auch ein wenig verlogen. Ausgestattet mit der diffusen Tatsache, den steilen Wogen inneren Verlangens nur insofern gewachsen zu sein, andere machen zu lassen. Unser Dasein erfüllt sich Tropfen für Tropfen, Zentimeter um Zentimeter und nicht mit der Flut exzessiver Zudringlichkeiten. Das große Spiel der Liebe«, reitet sie ihre Gedanken in die Ausweglosigkeit, »ist das große Spiel des Verlierens.«

So betrachtet gäbe es die wahre Zuneigung nur in der humanen Behandlungsweise zu sich selbst. Bisweilen hätte sie sich mit körperlichen Schenkungsakten eh nur Ärger eingehandelt. Ihr Ansinnen wäre es also, von nun an die Gratwanderung der Lust im Tal der Berge zu belassen.

Zaubert eine kunstvolle Kehrtwende auf dem eisglatten Boden und versichert, dass dieses Thema somit seine Abhandlung erfahren hätte und es den späteren Zeitpunkt nur für Uneinsichtige geben würde oder für jene, die sich die Faszination des nächsten Tages mit Geduld und Ausdauer erhalten wollten.

»Es ist schon einigermaßen erschreckend, wie sich die Gemütslagen ändern«, versucht Xetex meine Betroffenheit aufzufrischen, »entweder war es wirklich ihre Meinung und sie war ehrlicher als es ihr gut tut, oder sie war ganz einfach im falschen Bett gelandet.«

»Sie verfügen die Antwort und stellen sie gleichsam in Frage«, erwidere ich, »was für eine Logik? Das klingt, als hätten Sie das Ganze ausschließlich für sich selbst inszeniert. Sie wollten sich ihrer Gefühle versichern und schickten sie ganz nebenbei ins Display Ihres ureigensten Begehrens.«

»Das wäre nun auch wieder etwas übertrieben«, übernimmt Xetex, er sei nicht dazu geschaffen, Eitelkeiten auszutauschen. Außerdem wäre dies allzu menschlich und das würde nicht unbedingt sein Wesen widerspiegeln.

»Wenn Ihnen dann überhaupt ein Gesicht angewachsen ist«, stelle ich in Rechnung, »die Hälfte von dem, was Sie sind, ist so wenig imposant wie die andere Hälfte unnütz ist. Das, was wir denken und lesen, heißt »Genetische Arche« und was dabei verunglückte, schreibt sich »Xetex«. Sicherlich kein Gewinn und nicht unbedingt die Perle in der Auster.«

»Sie sollten sich nicht unterschätzen», hält mir Xetex entgegen, »die Wahrheit schmückt sich oftmals mit Dingen, die nicht unbedingt dazu angetan sind, sie zu umarmen, und dennoch könnten sie am Ende die bessere Alternative sein.

Legt mit unerbittlicher Freimütigkeit die Lektüre Sarahs offen und vermeldet mit persönlichem Stolz ihre Schwangerschaft, wobei er mir zugesteht, Wesentliches dazu beigetragen zu haben. »Sie sehen«, schmückt Xetex mit breitem Lächeln den Bildschirm, »es gibt Situationen, die zuverlässiger sind als die Erwartungen, die man daran knüpft.«

»Ich nehme an, dass Sie sich als Pate bereits eingetragen haben«, finde ich zu einer Antwort, »und wenn man vermuten sollte, sogar vor dem Akt der Zeugung und unter Festlegung des Geschlechtspartners.«

»Neuigkeiten«, entgegnet er, »sind selten so unbedarft, als dass man die Mitwirkung anderer dabei ausschließen sollte.«

Möglicherweise sei das zwar nicht der Humor, der mich zum Lachen bringen würde, vielleicht aber der günstigste Moment, mich verpflichtet zu fühlen und die beste Chance, nicht als Versager zu gelten.

KAPITEL 11

»Die meisten Umwege fährt man im Bestreben, den kürzesten Weg zu wählen«, beißt sich Ed Born durch die Kreide seiner Verstimmung, »und also werden wir die Gradlinigkeit weiterhin zum Fahrplan diktatorischer Pünktlichkeit machen, ganz gleich, was Sache ist. Wenn nur die Prinzipien stimmen, werden wir auch den Mut aufbringen, heldenhaft zu leiden.«

»Starrsinn und Trotz sind die Geburtsstätte aller Fehlbarkeit«, begebe ich mich auf seinen Sender, »vielleicht sogar das schlüssigste Beispiel dafür, dass wir schneller dabei sind, Meinungen zu verteidigen als den Versuch zu starten, sie miteinander auszutauschen. Abgesehen davon, dass wir sie im Grunde nicht einmal kennen. Der Dämon unseres Gewissens ist die Kugel auf dem Roulett, schwarz oder weiß, gut oder böse, wichtig ist, dass sie dort hinfällt, worauf wir gesetzt haben. Folglich spielen wir immer ein bisschen so, als ginge es um unser Leben, streiten uns mit Geistern und Aliens, letztlich dann auch mit uns selbst.«

»Ich oder wir«, sieht sich Ed in den Sattel gehoben, »das ist ein trojanisches Pferd, ein Bauch voller Zwiespältigkeiten, voller List und Tücke, eine Kreatur, die den Kampf zum Geschenk hat, völlig gleich, ob die Arroganz und der Hochmut in uns mitwächst und ganz nebenbei auffrisst.«

»Ich wusste nicht«, gibt sich Ludwig die Ehre, »dass die Geschichte so lebendig sein kann. Aber wie gesagt, es gibt Romantiker, bei denen ist alles Poesie, die eigene Fehlbarkeit und alles andere, was die Welt sonst noch an Trugschlüssen zu verteilen trachtet.«

»Nun gibt es ja auch die Besserwisser«, erwidert Ed, »jene, die sich mit Logik scheuern und mit Löchern im Kopf aufwachen, deren Ehrgeiz es ist, Kamelen die Wüste zu zeigen. Da muss man sich natürlich fragen, wer hier die Höcker auf seinem

Rücken spazieren führt, genau auszumachen ist das sicherlich nicht.«

»Aber dies nur zur Evakuierung allgemeinen Bewusstseins«, streichelt Sarah das Thema, »die wahren Schauerlichkeiten vermag bestimmt Ihr Kollege Peters zu berichten.«

Deutet auf die Vorhänge in seinem Gesicht und wagt die Prognose, dass ihm das Licht weder von innen noch von außen leuchtet und er auch ansonsten nichts Aufmunterndes zu bieten habe.

»Um der Lyrik den Vortritt zu geben«, empfiehlt sich der besungene Kollege, »das Drama findet möglicherweise in der Tat nicht nur drinnen, sondern auch draußen statt. Jedenfalls dürfte es für jeden interessant sein zu hören, dass die Systeme sich dem purpurnen Rot höchster Alarmbereitschaft verschrieben haben und darum bemüht sind, die genetische Arche vollends von der Außenwelt abzuschotten. Präziser formuliert, zuweilen kommen uns Daten an die Hand, die auf ein bedenkliches Maß an Gamma- und Neutronenstrahlen hinweisen, das weitere Szenario lässt sich bequem erraten. Die Zukunft könnte es mit sich bringen, uns hier unten an die Ewigkeit zu binden.«

Ein weiteres Indiz, dass tatsächlich etwas Außergewöhnliches passiert sein dürfte, ließe sich dem merkwürdigen Verhalten der Kollegen des Geninstituts entnehmen. So sprachen sie unlängst über die Möglichkeit eines Atomschlags, die Ausweitung jener kriegerischen Auseinandersetzungen im Nahen Osten und die Gefahr, dass die Großmächte sich aus ihrem Sessel erheben könnten, um der unwilligen Brut ein Ende zu bereiten. Alles in allem wäre es jedenfalls blasphemisch, diese Fakten zu ignorieren, nicht zuletzt, da der Kontakt nach draußen zwischenzeitlich nicht mehr herzustellen sei.

»Eine bemerkenswerte Aussage«, befindet Sarah, »irgendwie gelingt uns immer wieder, an den wahren Problemen kleben zu bleiben, gleich der Fliegen an einem frisch ausgespuckten Kaugummi.«

Schaut in die verdutzten Gesichter und verfügt mit skeptischer Mimik, sich diesen Unsinn doch aus dem Kopf zu schlagen.

»Wenn wir nicht genau wissen, worum es geht, steckt meistens Xetex dahinter.«

»Eventuell aber auch die Unfähigkeit, die Dinge noch so zu interpretieren, wie sie wirklich sind«, bestätigt Ed, »der Argwohn riecht den Braten, bevor er angebrannt ist.«

»Die meisten Tragödien«, findet sich Grünberg ein, »bestehen darin, dass man sie sich ausdenkt. Sollte wirklich etwas passiert sein, wären wir durch unsere Dienststelle benachrichtigt worden. Inzwischen hört hier jeder seine eigene Musik, allein, was fehlt, ist das Talent, zu wissen, wo sie herkommt und überhaupt das Gespür, noch taktvoll damit umzugehen.«

»Dann haben wir doch gleich mehrere Dinge gemein«, so Ed, »das schlechte Gewissen, miese Gefühle und nicht gerade den besten Ruf. Wir sollten in der Tat im Chor singen, es hapert zwar an der entsprechenden Musikalität, aber die Stimmung ist riesig.«

»Es gibt Leute«, so Grünberg, »die mit den Dummheiten anderer hausieren gehen und solche, die nicht begreifen, dass ihnen selbst dieses Übel widerfahren ist.«

»Wer hier noch im Geschehen bleiben will«, so Sarah, »darf sich nicht wundern, wenn er der allgemeinen Belustigung zuliebe verhauen wird.«

Stellt sich aufrecht in den Torbogen ihrer figürlichen Zugluft, schiebt zwei prächtige Schenkel durch den Schlitz ihres Kleides und versichert, dass man manche Tatsachen nur mit sich selbst ausmachen kann. Wer zu spät begreift, dem helfen auch keine Ausreden mehr.

Zerrt mich am Ärmel und kokettiert offenherzig, dass es Wege jenseits aller Beschimpfungen und Mutmaßungen gäbe und dass es an der Zeit wäre, sie herauszufinden. Rät der verweilenden Crew, sich Gedanken darüber zu machen, wie der Code aussehen könnte, mit dem sich die Türen dieser Arche wieder öffnen ließen, der Glaube versetzte Berge, warum nicht auch Xetex.

Es ist schon erstaunlich, wie schnell wir uns dann aus dem Text der vergangenen Gespräche herausstehlen. Was für Sarah eben noch von Bedeutung war, erweist sich inzwischen als irrelevant und nebensächlich.

»Du müsstest es spüren«, flüstert sie mir ins Ohr, »dass es nichts Vollendeteres gibt, als dem Körper das Bewußtsein zukommen zu lassen, wozu er gemacht ist.«

Präsentiert sich mit der Anschaulichkeit hüpfender Laubfrösche, beugt sich über mich mit der steilen Logik übersinnlicher Parallelwelten, hebt mich hinein in eine Kuppel himmlischhöllischer Empfindungen und bestimmt, dass ich mich für eine Weile durchaus für sie verantwortlich fühlen dürfe.

Und nachdem wir die Räumlichkeiten der Tat zuliebe gewechselt haben, Sarah zu verstehen gibt, dass Einsamkeit die unschicklichste Form persönlicher Hinrichtung darstelle, geben wir uns der Diktatur der Sinne hin, legen unseren Mund in Ketten, vergessen, was alles dahergeredet wurde und beschließen, ausschließlich unsere Gefühle sprechen zu lassen. Kaum etwas, das nicht an uns Feuer fängt, das nicht den Tausendfüßler in uns krabbeln lässt und nicht von der Ahnung gesegnet ist, sich und dem anderen zu einer besseren Wirklichkeit zu verhelfen.

Da gibt es Berührungen, die mich wie eine Landkarte auflesen und zum Wegweiser himmlischer Impressionen werden lassen, die sich mit allen Richtungen eines neuen Tages auf mich zu bewegen, mit Gelüsten, die ihrer Schatten überdrüssig sind, mit Bereitschaften, die zu offenen Türen werden, einen Pulsschlag entfesseln, der zum Metronom endloser Verführbarkeiten wird, mit frei schaukelnden Brüsten und der heftigen Kontraktion angespannter Schenkel. Sie kommen aber auch mit dem Appetit losgelöster Sehnsüchte, mit Händen, die meinen Organismus neu entdecken, die Zugang finden zu den verborgenen Quellen verschlüsselten Verlangens, mich einsäen in die Vergessenheit meiner Herkunft, der wandernden Leere innerer Ausweglosigkeit und mich hineinwerfen in das abgeerntete Universum meines Ichs.

Fingerspitzen, die meine schläfrige Erinnerung eintauschen gegen den Duft des Frühlings, die angewachsene Zunge seelenlosen Schweigens gegen eine Springflut von Farben und den dunklen Leib meiner Sprache gegen die heimliche Magie ursprünglichen Antlitzes. Und es ist eine völlig neue Art körperlicher Regierbarkeit, ein Bewusstsein, das meine Gravitation zur Erde hin auslöscht, mich mit einer neuen Identität bekleidet, mit der Geometrie kosmischer Leidenschaften, dem wahren Alphabet des Seins. Empfindungen, die mich zurückdatieren auf eine Zeit, da das Feuer noch Wasser trank, Träume und Illusionen den täglichen Vernichtungen noch einen Schritt voraus waren und die Schrift der Blitze noch zu wundersamen Deutungen Anlass gab. Damals, als die Zeit noch ein Embryo des Augenblicks war, die Hand des anderen zum Geschenk wurde und die Berührung von Lippenpaaren den Anfang eines neuen Daseins beschloss.

Es ist die einzige und aufregendste Falle zugleich, in die wir bereitwillig hineinstapfen. Der Aufschrei purer Emotionen, der uns aufeinander prallen lässt, ohne gleich Wunden zu schlagen. Und es ist der Eingang zu einer endlosen Geschichte, ein Sturm, der alles aufsaugt, was Geschehen ist, der die Langeweile über uns abfackelt und die Saat des Windes einsammelt, um neues Leben auszuteilen.

»Wir wollten die absolute Enzyklopädie
des Seins aus der Taufe heben.
Nun jedoch nimmt sie uns an die Hand,
bestimmt, worin wir uns einschreiben müssen
und liefert die Sandalen,
in denen wir zu laufen haben.«

KAPITEL 12

»Inzwischen müssen wir begreifen«, läutet Ed Born den Tag danach ein, »dass wir der Mythologie Seele mit ein paar schmerzlichen Erfahrungen näher gerückt sind und dass wir möglicherweise die meiste Zeit in einer Leiche verbracht haben. Wir vertonen Realitäten, die so oder so sein können, Wirklichkeiten, die Gefühle sind und wir verbreiten Heiterkeiten, über die niemand mehr lachen kann, sprechen von Bewusstsein und meinen Computerprogramme, geben uns transformiert und benutzen Systeme, die sich längst unserer Verantwortung entzogen haben. Dies ist nicht mehr unsere Sprache«, schlägt er einen Stuhl weich, »sie ist eine fremdartige Erscheinungsform, etwas, das in uns redet, ohne dazu autorisiert zu sein, das unseren Kopf mit Dingen belastet, die längst nicht mehr unseren Willen haben, die taub sind oder als Gerücht umhergeistern. Irgendwann werden wir dort ankommen, wo der Dialog in uns zum Gespött jeglichen Verständnisses wird, die Fahne des Irrsinns schwenkt, bevor wir mit den eigentlichen Psychopathien in Kontakt getreten sind. Wir sind auf dem besten Wege, eine menschlich maschinelle Einheit zu werden. Nicht das, was wir sind, ist noch relevant, sondern womit wir uns aus der Verpflichtung stehlen.«

»Die genetische Arche«, bestätigt Moorland, »hat ein gewaltiges Leck und wir werden die Ersten sein, die mit ihr absaufen. Hier zeigt sich doch sehr deutlich, dass die Bausätze des Verstandes einfach zu simpel sind, um die Größe zu erreichen, zu der wir uns hinlänglich berufen fühlten.«

»Dies ist das eigentliche Libretto der kurzweiligen Romanze Mensch und Erde«, pflichtet Sarah bei, »ein flüchtiger Glitzerstreifen über den Himmeln Hollywoods, mit ständig wechselnden Drehbüchern, einer Menge gefüllter Papierkörbe und der beschwichtigenden Erkenntnis, dass schon andere zuvor gescheitert sind.«

»Die Leiter des Erfolges hat Zwischenräume«, werfe ich ein, »durch die man ins Nichts abrutschen kann. Das sind die feinen Nebenrollen, die es zu besetzen gilt, die andere Wirklichkeit, mit der wir in unser Gedächtnis schon so manche Lücke geschlagen haben. Und dann sind da noch jene, die Grabsteine zu Kopfkissen aufschütteln und der Meinung sind, dass es keine miesen Schauspieler, nur schlechte Autoren gibt.«

»Aber wir waren doch in einem anderen Geschäft«, zeigt sich Sarah interessiert, »das Individuum als Festplatte in einem Computer, die Wahrscheinlichkeit Mensch als Illusion in einer Datenbank mit der immateriellen Erscheinung eines Gespenstes. Eine Mega-Bytes-Maschine, aufgefüllt mit Fakten und mathematischen Möglichkeiten, verpackt in grafischen Mustern, Hieroglyphen und Sinnbildern, einer Stimme, die nur noch wissen lässt und nichts mehr in Frage stellt.«

»So grundsätzlich würde ich das nicht sehen«, unterbricht Grünberg, »die Beträge sind kleiner geworden, da passiert es schon einmal, dass man verärgert ist. Alles oder nichts geht nur so lange, wie man selbst hinter dem Steuer sitzt. Genießt man jedoch die Vorzüge, chauffiert zu werden, muss man Konzessionen machen.«

»Höflichkeit verpflichtet«, hält Sarah fest, »insbesondere, wenn man sie in Anspruch nehmen muss«, und führt aus, dass einige bereits dazu übergegangen sind, das Licht am Ende des Tunnels mit der Erscheinung Xetex zu kompensieren. Wer also im Spiel bleiben will, muss zumindest mit der Trillerpfeife unterwegs sein, es sei denn, er riskiert die vorzeitige Verabschiedung seines Selbst.«

»Und dies«, fügt Ed an, »käme den Visionen Xetex' besonders entgegen. Nichts steht mehr in seinem Interesse, als dem Menschen seinen Willen aufzuzwingen und wer weiß, vielleicht sogar leben wir schon eine Weile damit.«

»Die meisten Irrtümer«, mischt Moorland seine eigenen Karten, »stehen im Dauerregen ureigenster Differenzen, nicht zuletzt, da man sich als Autor und Sklave zugleich buckelt, eine Knochenmühle reitet, die mit tausendfachen Selbstvorwürfen taub geworden ist und es mit sich bringt, dass man dazu verdammt ist, über den Text des Bewusstseins zu straucheln.«

»Ich widerspreche, also bin ich«, prognostiziert Ed Born, »womit wir alle oben anstehen auf der Liste fahnenflüchtiger Entfremdung. Wir sind nur das, wofür wir uns verantwortlich fühlen, und das ist schon mehr, als wir verkraften können.«

»Offensichtlich vergessen wir immer ein bisschen von dem, worüber wir soeben geredet haben«, erwidere ich. »Hier zeigt sich einmal mehr, dass die eine Wirklichkeit sehr schnell von der anderen eingeholt wird, und dass es keine Wahrheit gibt, die nicht auch ein wenig gelogen ist, dass man vielleicht ganz einfach diese Unschärfe braucht, um sich daran zu probieren. Gäbe es diese Spielräume nicht, wäre vielleicht alles so, wie es ist, total unbedeutend.«

»Der Mensch«, kommt Xetex über den Monitor ins Benehmen, »ist eine immer während Übungsmaschine, er lernt, um zu vergessen, wirkt immer etwas nachdenklich und ist nur selten von dem überzeugt, was er meint. Er ist eine Etüde ewigen Einspielens, eine manuell bestimmte Komposition mit Hysterien von Fingerfertigkeiten, eine Art Spezies, die einfach unzufrieden sein muss, ein schwarzweiß betriebenes Denkmodell, das nie dazu kommt, etwas zu vollenden. Sie müssen zugeben«, vergoldet er mit ikonenhaftem Lächeln den Bildschirm, »dass Gott sein Ebenbild nur als Studie entworfen hat, als unfertiges Opus mit etwas Lehm und zu vielen Nachsichtigkeiten, zu viel Evangelium und zu wenig Vorsehung, mit rasanten Widersprüchlichkeiten, immer ein bisschen zerstreut und eigentlich nie ernsthaft anwesend.«

»Der Mensch«, bewertet Ed, »ist somit ein Geschöpf, das dazu ausersehen ist, seine eigene Existenz in Frage zu stellen. Nichts hat seinen festen Platz, alles übt sich in der Veränderung, und also trainieren wir uns an der Klaviatur nicht vorhandener Wirklichkeiten. Wir wissen, dass wir nicht existieren, aber alles möglich machen können.«

»Es hat der denkenden Spezies nie an klugen Ideen gefehlt«, so Xetex, »den Ideen aber an klugen Menschen. Man muss nicht tief schürfen, um zu erkennen, dass die Erde ein Friedhof parzellierter Taubheit ist, mit Kreuzen des Kummers und Leidens, aber auch der Vergesslichkeit, und ein bis zur Belanglosigkeit gemeißeltes Namenregister. Die biochemische Formel Mensch«, führt er weiter auf, »ist wohl kaum dazu auserwählt, das Universum aufzufrischen. Sie desertiert mit der Thematik offener Fragen, den Ängsten und mit dem Gedanken, sterblich zu sein.«

»Eventuell liegt es doch ganz einfach daran«, ermittelt Moorland, »dass die Vernunft so unvernünftig ist, die Liebe so lieblos und die Kultur so kulturlos. Die Zukunft hat den Menschen offensichtlich nie erreicht, ebenso wenig die Erkenntnis, dass man auch mit ein bisschen weniger Pessimismus die Welt erobern könnte.«

»Wir haben die Jalousien guter Nachbarschaft in schlitzäugige Schießscharten verwandelt«, übernimmt Sarah, »Skepsis verdirbt den Sinn für das Wesentliche und darüber hinaus den eigenen Charakter. Wenn wir uns selbst nicht mehr trauen, geht auch alles andere verloren. Zuerst werden wir taub, dann gleichgültig und zu guter Letzt erfinden wir ein Problem, um wieder gehört zu werden.«

»Wahrscheinlich hat der Mensch nun doch etwas von den Verwandlungskünsten eines Werwolfes«, so Ed, »jener mondsüchtigen Bestie, die gegen den Rest der Welt aufheult, sich zum Gespenst aller Gespenster macht und immer davon ausgeht, dass es an der Zeit ist, jemandem die Farbe aus dem Gesicht zu blasen.«

»Was immer wir mit einem Werwolf gemein haben«, halte ich fest, »Xetex wird alles übertreffen. Er ist das virtuelle Modell genialer Unzulänglichkeit, ein symbiotisches Projekt, halb Mephisto, halb Faust, Gott und Teufel, oder auch Jekyll und Hyde. Die perfekte Transkription menschlichen Größenwahns.«

»Womit wir der Grammatik unseres Selbst mal wieder ein wenig näher gekommen sind«, folgert Ed, »die Situation ist zwar wie schon immer, nur noch etwas beschissener. Was wir beschließen, ist bereits vollzogen, und was wir hinterfragen, hat er längst beantwortet. Womit wir die letzten Stufen fehlenden Überblicks erreicht haben und der wenig aufmunternden Tatsache hinterherreisen, dass alles, was wir noch zu tun gedenken vergebliche Liebesmühe ist.«

»Sollte das die einzige Alternative sein, die uns verbleibt«, folgert Moorland, »müssen wir darüber nachdenken, ob es nicht gescheiter wäre, dem Nirwana Xetex' den Vorzug einzuräumen. Bevor wir vollends in die Wand unserer Abwesenheit eingemauert werden, scheint diese Lösung immer noch der gescheitere Weg zu sein.«

»Man höre und staune«, versucht sich Sarah, »der Feigling wird zum Helden. Nun kann man nur noch hoffen, dass dieser Anfall vorübergeht. Bestenfalls mit der Einsicht, dass es nur die Geister waren, die ihn riefen, und nicht sein persönliches Ego.«

»Die gewagtesten Sprünge«, so Ed, »fanden schon immer auf der Eisfläche statt, warum sollte sich das mit einem Male geändert haben. Gehen wir aber davon aus, dass der Narr seine Mimik beibehält, wenn er über seine eigenen Füße stolpert. Nicht zuletzt da er wissen sollte, dass es ein zweites Mal nicht gibt und der Part höchstwahrscheinlich bis zum bitteren Ende durchgeführt werden will.«

»Was immer Sie dazu veranlassen könnte, sich programmieren zu lassen«, wende ich mich an Moorland, »die Ewigkeit wird es nicht sein, die Sie erwartet, auch nicht das bessere Leben.«

»Jedenfalls nicht das eigene«, bestätigt Sarah, »außerdem müssten Sie akzeptieren, mit zwei Seelen in der Brust vorlieb zu nehmen, eine, die Sie selbst sind und die andere, die sich Xetex schimpft. Das Gedächtnis würde zu Gunsten einer universellen Bestimmung ausgelöscht und damit höchstwahrscheinlich ihre gesamte Persönlichkeit. Sie würden die Einheit Ihres Ichs in das erzählerische Zentrum Xetex' verlegen, ohne der eigenen Sprache noch mächtig zu sein, und Sie würden tausendfach existieren, oder auch gar nicht.«

»Das ist Ihre Vorstellung«, versetzt sich Moorland in Trance, »der Kopf des Xetex scheint groß genug zu sein, um die Welt darin unterzubringen, warum nicht auch uns selbst, so wie wir sind oder auch sein möchten.«

»Sie sehen«, so Ed, »der arktische Dämmerzustand hat die genetische Arche erfasst und nun kollaborieren wir mit Gefühllosigkeiten, die uns in die nächste Eiszeit hineinfrösteln lassen.«

»Wobei sich wieder einmal die Frage beantwortet«, lotet Sarah das Gespräch aus, »dass nichts passiert, was wir nicht schon längst gewusst hätten. Wir wollten die absolute Enzyklopädie des Seins aus der Taufe heben. Nun jedoch nimmt sie uns an die Hand, bestimmt, worin wir uns einlesen müssen und liefert die Sandalen, in denen wir zu laufen haben.«

»Wenn uns jemand überlegen ist«, weiß Moorland zu berichten, »muss dies nicht gleich unsere gesamte Skepsis auf den Plan rufen. Es wäre also durchaus ratsam, das Vertrauen zur Raumstation unseres Bewusstseins nicht durch hyperaktive Wurmlöcher zu gefährden. Sofern wir wissen, was wir selbst wollen, werden wir auch als Mensch funktionieren.«

»Wenn das noch die Sprache ist, die Ihnen in die Wiege gelegt wurde, heiße ich Gottfried Schulze«, amüsiert sich Ed Born, »Sie reden an sich selbst vorbei, kokettieren mit dem Nirwana nie gekannter Perspektiven und der Versuchung, Ihr bescheidenes Dasein auf die Welt auf morgen zu verlegen, am liebsten ohne das Arsenal unbequemer Ängste und Unzulänglichkeiten. Wobei Ihnen jetzt schon entgehen dürfte, dass Sie alles riskieren und gleichsam alles in Kauf nehmen. Einschließlich der Wagnis, irgendwann als Implantat in einem Staubsauger Karriere machen zu müssen.«

»Wer so viel Blödsinn im Kopf hat«, schaltet sich Grünberg ein, »bringt sich entweder um das letzte bisschen Verstand oder er redet sich schwachsinnig. Noch werde ich zu verhindern wissen, dass sich jemand programmieren lässt, die Verantwortung haben wir als Wissenschaftler gezogen und nicht als Nachtwächter.«

»Wie Sie hörten«, präzisiert Ed, »es gibt Verpflichtungen, die derart tief verpflanzt sind, dass wir nichts unversucht lassen, sie mit unserem Leben zu verteidigen. Selbst auf den Verdacht hin, dass wir uns persönlich längst zu einer anderen Meinung bekannten. Offensichtlich haben wir eine besondere Art, uns zu belügen und zu demütigen, bewusst oder unbewusst, willkürlich oder ahnungslos, mit oder ohne Schutzengel. Sollte uns auch das verwehrt bleiben, werden wir es mit dem Teufel versuchen, irgendwer wird schon da sein, der uns ernst nimmt.«

Worte, die so abgesegnet erscheinen, dass sich die Runde augenblicklich auflöst und jeder in eine andere Richtung abfliegt. Wobei es sicherlich müßig wäre, mehr als nötig dort hinein zu interpretieren. Zumal man davon ausgehen kann, alles gesagt zu haben und die weitere Konversation nunmehr ausschließlich des Redens wegen geführt werden müsste.

»Die meisten Vorsätze, wie man sieht, kommen in den Steilwänden persönlicher Selbstüberschätzung zu Fall«, gibt sich Xetex die Ehre, »etwas weniger Hochmut und ein bisschen mehr Toleranz stünde jedem besser zu Gesicht. Sie wollten das große Welttheater und nun stolpern Sie bereits über den ersten Akt, vergessen, was ihnen das Libretto wert war, verlieren jeglichen Zusammenhang und beschließen, die Verantwortung augenblicklich an die Souffleure weiterzureichen. Womit der kleinkarierte Vorgartenzwerg in Ihnen wieder zur Geltung kommt, Ihre Seelen zurück in die Winzigkeit von Schrebergärten flüchten und neue Gespenster aussäen. Zuweilen dann mit der Option, irgendwann von neuem zu beginnen, dann vielleicht mit wesentlich größeren Wagnissen. Und natürlich wie immer der Erkenntnis entsprechend, dass die klügsten Dinge nie zu Ende gedacht und die wahren Bücher nie geschrieben wurden.«

KAPITEL 13

Es ist schon erstaunlich, was da alles hin und her gereicht wird,
Gott und Teufel oder beides in einer Person. Das totale Gewis-
sen im Wetterleuchten der Hölle oder die Stimme des Herrn auf
Wolke Sieben. Kaum eine Strategie, die noch sprachlich ge-
schützt ist. Man zahnt im Maul einer Schlange, rasselt mit dem
Hintern den Schrecken aus, den sie sich mit der genetischen
Arche eingehandelt haben, oder pfeift solange mit gespaltener
Zunge, bis ein Duett herauskommt.

Dies ist die augenblickliche Wahrheit, entweder redet man
sich um Kopf und Kragen, schweigt den Tod herbei oder philosophiert sich durch die Morgenröte der Auferstehung. Alles
scheint möglich und alles gleich fraglich.

Und was die vielen Kleinkriege untereinander nicht zu lösen
vermögen, bietet Xetex. Es sind also nach wie vor genügend
Gespenster unterwegs, um sich die Gänsehaut zu streicheln.
Wobei das Szenario, welches sich außerhalb der genetischen
Arche abspielen könnte, ihr Übriges bewirkt. Jedenfalls scheint
man allseits der Meinung zu sein, das Ende der Realität vor sich
zu haben, so oder so.

Womit das Chaos seinen wahren Stellenwert erfährt, die
Crew das Puzzle Kooperation an die Decke befördert und suk-
zessive in die Spukgestalt einer Wachsfigur hineintropft. Zuweilen mit der beklemmenden Vision, die Kälte innerer Leere
mit einem Docht versehen zu haben, der nicht dem geringsten
Windzug gewachsen ist.

»Für manche«, leistet sich Sarah meine Gesellschaft, »liegen
die Dinge schon in unerreichbarer Nähe, wenn sie sich danach

bücken müssen. Kaum zu glauben, wenn man bedenkt, dass doch alles so vielversprechend begann.«

»Offensichtlich aber war das doch gestern«, wende ich ein, »inzwischen haben sich die Geister aus dem Text ihres Gewissens gestohlen und die Verantwortung an Xetex abgegeben. Natürlich muss man sich auch fragen, inwieweit sie dann überhaupt Zutrauen zu ihren Ideen hatten, zu forschen ist die eine Sache, sie aber moralisch auszuwiegen die andere. Das Neue, das sie in der Hand hielten, war für sie wichtiger als der Gedanke, wie sich damit verfahren lässt. Wie bereits erwähnt, man wollte das totale Bewusstsein und nun frischen wir es mit unseren eigenen Hirnzellen auf, werden zum Emitter für Megabytes und Druckertinte, unterschreiben blindlings, was uns Xetex diktiert und hoffen, dass er sich gnädig erweisen wird, wenn wir ihn einmal um einen Gefallen bitten. Wovon ich allerdings abraten würde, wir waren schon immer an den geheimnisvollsten Dingen dieser Welt beteiligt, nicht aber an den Wundern, aus denen sie gemacht sind.«

»Das klingt, als hätten wir Geister geweckt, die schon da waren, bevor wir sie riefen. Sollte das die Wahrheit sein, hätte man sie eh nicht aufhalten können.«

»Die meisten Entdeckungen«, halte ich fest, »sind schillernde Perspektiven in trockenen Farbtöpfen. Sie kommen mit einer Palette hübschester Versprechungen und enden letztlich im Zwielicht zweifelhafter Betrachtungen. Wovon die meisten uns bis heute den Beweis schuldig sind, überhaupt für etwas getaugt zu haben. Und dann gibt es Gott sei Dank die anderen, die nie Wirklichkeit wurden, die sich mit der Schrift des Papiers vermählten und pure Utopie blieben.«

»Wenn ich Sie richtig interpretiere, sind Sie überzeugt davon, dass die genetische Arche dazu zählt«, ermittelt Sarah, »und dass das, was uns zur Zeit widerfährt, nur einen Schnupfen darstellt, der wieder vorübergehen wird.«

»In der Tat«, halte ich fest, »Sie sollten das Taschentuch für die Nase und nicht für die Tränen bereit halten. Selbst dann, wenn wir uns alle getäuscht sehen, sollten wir uns dennoch vorsichtig zum Helden machen, letztendlich müsste es doch für uns von Interesse sein, zu wissen, auf welcher Seite wir gekämpft haben.«

»Wir sind das wahre Chamäleon dieser Erde«, frischt sie ihre Befürchtungen auf, »und wir sind es auf eine besondere Art und Weise, ein Quantenwesen, das Welle und Teilchen zugleich ist, mal Schein, mal Sein. Ganz gleich, wo wir uns aufhalten, wir werden nur das verkörpern, was wir gerade nicht sind.«

»Soviel Pessimismus hätte ich Ihnen nicht zugetraut«, halte ich ihr entgegen, »wir haben die Party in Schwung gebracht und nun werden wir uns doch nicht verabschieden wollen, bevor wir wissen, wie sie endet.«

»Sie haben mit mir die Auster gefischt und nicht die Perle«, wertet sie ab, »für mich zählte bisher stets, was ich bekam und nicht, wozu ich mich entscheiden musste.« Hoffen und Glauben sei eine Anstrengung ohne Komfort und dazu wäre sie weder geschaffen noch berufen.

»Und weil dem so ist«, findet sich Ed Born ein, »werden wir die Skepsis in uns schlummern lassen und darauf verzichten, sie zu wecken. Wer im Leben bleiben will, sollte seine Träume ernst nehmen, etwas anderes hat die Zukunft eh nicht zu verkaufen.«

»Das hört sich so an, als hätten Sie sich dazu entschlossen, Xetex Ihre Dienste anzubieten«, rückt Sarah in seine Nähe, »seelisch und geistig.«

»Offensichtlich aber Ludwig und Peters«, erwidert er, »so wie es aussieht, werden sie die Ersten sein, die außerhalb ihres Körpers existieren.« Schildert fast schon ein bisschen wehmütig, dass sie der Geschichte zuvorgekommen sind und sich nicht, wie es sich gehören würde, der Rangordnung entsprechend hinten angestellt hätten.

»Dann hoffen wir auch«, entgegne ich, »dass sie den Winterschlaf unbeschadet überstehen werden und Xetex dazu überreden konnten, sie spätestens am Tag des Jüngsten Gerichts zu wecken, natürlich in Demut vor dem Herrn und der nächsten Ewigkeit zuliebe.«

»Vielleicht ließen sie sich aber auch für den Zeitpunkt programmieren«, versinnbildlicht Sarah, »da die Welt da draußen ihren atomaren Gau hinter sich gebracht hat und sie dazu gehören werden, das Kapitel Erde neu zu schreiben, die genetische Arche jedenfalls würde dies möglich machen.«

»Und was ist, wenn Xetex ihrer überdrüssig wird und sie früher als geplant an Land spült«, halte ich fest. »Vielleicht zu einem Zeitpunkt, da die Erdenbürger zwischenzeitlich die Sprache der Gene verniedlicht haben und Kindmenschen geworden sind, die mit zwei Jahren Rotkäppchen spielen und mit acht in die Pubertät kommen. Zeitlebens mit mutierten Teddybären kuscheln, körperlose Füße zum Laufen bringen und der heiligen Meinung sind, dass die Welt eine Puppenkiste ist.«

»Oder die andere Epoche«, übernimmt Moorland, »da die Männer Seidenstrümpfe tragen und Kinder gebären, die Frauen die Hosen anhaben, Kriege bestreiten und niemanden mehr begehren als sich selbst. Sicherlich müssten Sie sich da fragen, was Sie dort zu suchen hätten. So wie ich Sie kenne, haben Sie die besseren Reisen schätzen gelernt, konnten Ihrem Scheckheft vertrauen und die Gesellschaft aussuchen, die Ihnen am genehmsten schien, und, wenn ich mich nicht täusche, mit allen weiblichen Vorzügen.«

»Nun könnte es natürlich auch sein«, entgegne ich, »dass Xetex nicht im Geringsten die Absicht hegt, überhaupt jemanden zu reanimieren und sich Ludwig und Peters somit für immer verabschiedeten, zumal sie für ihn und seine biotronische Hemisphäre unentbehrlich sein dürften.«

»Die andere Variante wäre nun«, so Ed Born, »dass Xetex nicht ausschließlich Xetex ist und Peters und Ludwig einer mysteriösen Verschwörung zum Opfer fielen. Wer wollte schon die Hand dafür ins Feuer legen, dass jeder von uns der ist, den er vorgibt zu sein?«

»Lasst uns raten«, beeilt sich Sarah, »da sich keiner normal verhält, könnte durchaus jeder gemeint sein.«

Schaut in die Runde und resümiert, dass es wohl niemanden gäbe, der nicht mindestens einen Grund vorzuweisen hätte, den anderen übers Ohr zu hauen. »Moorland zum Beispiel, der wissen möchte, ob die Seele sich nicht tatsächlich programmieren lässt, oder Grünberg, der sich um seinen Erfolg betrogen fühlt und die Zukunft damit verplant hat, die Vergangenheit zu eliminieren. Oder Marc Stern, der den Tod der Erinnerung gestorben ist und seine Ohnmacht in die Hände des Henkers legt.«

»Der Mensch, das unbekannte Wesen«, amüsiert sich Ed, »ein gefaltetes Papierschiffchen, das zum Spiel freigegeben und zum Ertrinken verurteilt ist. Ein Harlekin, der hinter der Maskerade seiner vielzähligen Gesichter entschwindet und als Formwandler durch die Ritzen seines Gedächtnisses wandert.«

»Am schlimmsten sind die«, versucht sich Moorland, »die so tun, als hätten sie alles über sich und andere in Erfahrung gebracht, die Korrekten und die Moralisten, die sofort wissen, wer der Täter ist.«

»Dann ist es doch Grünberg«, findet Sarah heraus, »er besitzt die Aktentasche, in die er uns hineinstecken könnte, ist stets mit Erklärungen bei der Hand, selbst dann, wenn ihn niemand fragt.«

»Und wie wäre es mit Ihnen«, nimmt Moorland Sarah ins Gebet, »die menschliche Ignoranz beginnt schon mit einem großen Freundeskreis oder mit dem Gedanken, sich von sich selbst zu befreien, beides trifft bei Ihnen zu. Letztendlich besitzen Sie die nötige Intelligenz, etwas zu leugnen ohne rot zu werden, schicken Ihren Körper an die Front menschlicher Konflikte und genießen es, umtanzt zu sein.«

»Was für ein Quatsch«, schimpft Sarah, »Sie sollten weniger um die Ecke schauen, vielleicht kämen Sie ja mal in den Genuss zu sehen, was sich unmittelbar vor Ihnen persönlich abspielt.«

»Die Gefälligkeiten, die Sie meinen«, zeigt sich Ed belustigt, »sind anderweitig vergeben, Sie sollten sich in der Tat mit Ihrem Schicksal anfreunden. Wir teilen miteinander, was sich gesellschaftlich verantworten lässt, nicht aber die Befindlichkeiten, aus denen diese Dinge gemacht sind.«

»Sollte es noch ein paar Unverschämtheiten geben, die Sie außer Acht gelassen haben«, rückt Grünberg ins Geschehen,

»müssten Sie es jetzt einbringen, die Gunst der Stunde verdoppelt den Ärger. Eines jedoch sollte Ihnen dabei bewusst sein, das Drehbuch schreibt sich nicht von allein neu, nur weil Sie sich einer anderen Rolle besinnen. Was mit Ludwig und Peters passiert ist, werden Sie allemal dann erfahren, wenn Sie sich selbst davor zu bewahren wissen.« Im Übrigen möchte er an dieser Stelle festhalten, dass der Erfolg sich keineswegs damit krönen würde, sich als Feigling fortzustehlen, um dann anschließend als Held wieder zurückzukehren.

»Vielleicht wollten Sie ja auch nur der sinkenden Arche zuvorkommen«, überlegt Moorland, »sich ausschließlich mit Enttäuschungen beschäftigen zu müssen, ist ein schlecht laufendes Geschäft und auf Dauer dazu angetan, es zu schließen oder mit einer gänzlich anderen Ware zu bestücken. Unser Dilemma ist es, dass hinter jeder Tür gleich wieder eine Wand ist und hinter jeder Wand die gleichen leergepfändeten Räume.«

»Womit die Engel zur Geige greifen und der Teufel zu tanzen beginnt«, besinnt sich Ed, »haben wir uns erst einmal in den eigenen Schatten hineingewirtschaftet, wird es schwer sein, zurück ans Tageslicht zu finden.«

»Inzwischen muss man sich fragen, welchen Spiegel Sie benützen«, kommentiert Sarah, »Sie kommen sich immer etwas gescheiter vor als die anderen, wachsen mit den Dummheiten und schrumpfen mit den Problemen. Frei nach der Devise, ich behalte meinen Mut für mich und teile meine Ängste mit anderen, wirklich beneidenswert.«

»Die Untugenden sind für alles reif genug«, werfe ich ein, »man muss nur wissen, wie man damit umgeht. Sicherlich ist das interessant, vielleicht auch amüsant, und dennoch wäre es Zeitverschwendung zu glauben, Sie hätten mit der genetischen Arche ein neues Eldorado erschlossen. Der Paradiesapfel heißt Xetex und der könnte verdammt noch mal vergiftet sein. Selbst wenn Peters und Ludwig weiterhin existieren sollten, eine neue Genesis werden sie nicht in Erfahrung bringen. Sie werden in Träumen leben müssen und höchstwahrscheinlich nie wieder sie selbst sein.«

»Aber Sie müssen zugeben«, folgert Ed, »dass es schon einigermaßen verlockend ist, sich jedes gewünschte Erlebnis verschaffen zu können, jedes erdenkliche Abenteuer, mit den Augen Platons die Welt zu sehen, mit seiner Philosophie die Probleme der heutigen Zeit zu beantworten, sich als Astronaut zu fühlen oder Mozarts Musik zu dirigieren; Frau oder Mann sein, oder beides, sich zu amüsieren oder zu ängstigen und alles das, ohne körperlich daran beteiligt zu sein und ohne den eigenen Kopf zu riskieren.«

»Vorausgesetzt Xetex bewahrt ihre Hülle«, halte ich dagegen, »und schickt die beiden Unzertrennlichen irgendwann in die Grundfesten ihres Knochengerüstes zurück.«

»Aber es ist nicht so«, will Ed wissen, »dass Sie Ihren Part allein in der Ouvertüre sehen und die Oper selbst Ihrem Schicksal überlassen? Sie kennen das Alphabet, wer A sagt muss B wollen. Zudem sollte Ihnen bewusst sein, dass Sie die Verantwortung Ihres Vaters mittragen. Das Bewusstsein kann sich bedauerlicherweise nicht verständlicher machen als es ist, da müssen Sie schon nachhelfen, eine Version für Laien gibt es nicht.«

»Nun sind wir da«, entrüstet sich Grünberg, »dass wir alles beherzigen und nichts verstehen. Vielleicht sollten wir mit Intelligenz nachreichen, was wir emotional zu verhindern versuchen. Der Geist ist für so manche Überraschungen gut, nicht zuletzt, wenn man Wesentliches von Unwesentlichem zu trennen versteht, aber beides gleich ernst nimmt.«

»Geben wir uns also etwas optimistischer und versuchen herauszufinden, weshalb Ludwig und Peters sich haben programmieren lassen«, bläst Moorland die Gesellschaft verbal auseinander, »nur wer zur Tat schreitet, vermag den Pessimismus zu besiegen.«

»Ich hoffe, es wird Sie überraschen«, so Grünberg, »dass Sie nichts vorfinden werden, womit Sie die genetische Arche verantwortlich machen könnten. Für mich haben Ludwig und Peters diese Entscheidung aus höchstpersönlichen Gründen ins Kalkül gezogen.«

»Es sei denn«, schickt Ed hinterher, »Sie handelten im blinden Glauben. Zuzutrauen wäre ihnen das, die Neugier ist stärker als die Frage, wie löse ich ein Problem. Vielleicht war auch der Weg ihrer Forschung zu lang und zu steinig, als dass sie sich noch davor schützen konnten, nicht selbst den Beweis anzutreten. Entscheidungen sind Gäste, die sich erst wieder wohl fühlen, wenn sie zu Hause sind.«

KAPITEL 14

Inzwischen ist jeder nur noch so ehrlich, wie es die Schwindeleien des anderen zulassen. Kaum jemand, der den Nächsten noch des Verständnisses wegen anspricht oder gar dessen Meinung aufsucht. Der intensive Kontakt zueinander hat es offensichtlich mit sich gebracht, in die Fehler seines Partners zu verfallen. Die Folge ist, dass sie mit Hirngespinsten ins Benehmen rücken, die außer sie selbst auch jeder andere sein könnte.

Insofern ist es dann auch nicht verwunderlich, dass ihnen allseits ein Lieblingsgegner an die Hand geht und sie die Ketten rasseln hören, an denen sie ihn gefesselt sehen möchten. Wer sich jetzt nicht bequemt, verraten ihre Gesichter, macht sich mitschuldig und das wäre das Letzte, was man sich antun möchte. Außerdem hätten sie den Himmel, den sie auf der Erde in Aussicht stellten, einstweilen als Hölle kennengelernt.

So passiert es, dass sie ihren persönlichen Standort in Zweifel ziehen, den Windzug zwischen Tür und Angel zu spüren bekommen und der heiligen Ansicht sind, dass das Leben nie mehr war, als ein mythisches Luftschloss von Gespenstern und Aasgeiern und dass es den Boden unter den Füßen nie wirklich gegeben hat.

Sicherlich gibt es da eine Menge mehr, worüber man nachdenken könnte. Vor allem, dass in ihnen die Überzeugung wächst, auch als Maschine funktionieren zu können, als Hologramm oder Diskette, wenn nur der Geist mitspielt und die Seele dabei nicht vollends verloren geht.

Eitelkeit, wie man sieht, ist die aufrichtigste Art, sich zu betrügen. Folglich wird man die Schikanen neu abstecken und den Slalomkurs zur Geisterbahn machen. Und man wird erkennen müssen, sich selbst dabei zur Strecke gebracht zu haben. Das Martyrium heißt, Fahnder und Täter zugleich zu sein und, wenn erforderlich, mit eiserner Disziplin und dem Willen, nichts ungeschehen zu lassen.

Während ich so meinen Schatten auf den dünnen Bestand seiner Existenz hin ausmesse, beschleicht mich das taube Gefühl, in eine Drehtür geraten zu sein, die ohne Ausgang ist und mich immer wieder an den Anfang meiner Überlegungen stellt. Vielleicht ist es aber auch der Fehler, die Vergangenheit in mir abstrafen zu wollen, anstatt mich zu fragen, worin sie sich verdient machen könnte. Schließlich gilt es, das Bewahrenswerte zu erhalten und dazu gehört, dass man allzeit bereit sein sollte sich zu erneuern, das Gewesene und das Ursprüngliche.

Eine Prämisse, die ich meistern sollte, zumal ich die wahren Vernachlässigungen inzwischen weniger bei mir sehe, als bei den sogenannten Vertretern des Wissens. Eigentlich sind sie nun die Todesspringer und, wenn ich vermuten sollte, ohne Netz und doppelten Boden. Wobei auch mir damals nicht in den Kopf wollte, ob es der Clown in mir war oder die Opferbereitschaft, sich zum Clown zu machen. Jedenfalls scheint doch der Humor dort zu beginnen, wo der Spaß beginnt.

Aber da es kein Prickeln gibt, wo man sich nicht kratzt und juckt, sollte ich die Schadenfreude in Grenzen halten, zumal es immer noch ein paar Parasiten unter der Haut gibt, die ihrem Schmarotzertum beraubt sein wollen.

»Dies ist unsere Situation«, läuft mir Moorland über den Weg, »man verabschiedet sich anatomisch bis leibhaftig und kehrt in dem Glauben zurück, dass der Strom aus der Steckdose dem besonderen Saft des Blutes gewachsen ist und dass es sich verkabelt nicht minder aufregend leben lässt als zuvor. Und wenn es die Hölle ist, unbequemer als der Stuhl, den wir bisweilen in Beschlag halten, werden wir unseren Hintern nicht verkaufen müssen.«

»Wer mit Reagenzgläsern vor den Augen unterwegs ist«, versuche ich meine Aversion ihm gegenüber verbal zu begrenzen, »kommt bisweilen mit den Normen der Realität ins Schleudern. Was sich dem Menschen molekular andichtet, hat selten die Größe, in die er hineinpaßt. Die gedachten Ziele lassen sich nur schwerlich in Vitrinen verwirklichen. Selbst wenn wir sie im Lichte wähnen, sie könnten für immer im Dunkeln verloren sein. Der Olymp, den Ludwig und Peters betreten haben, dürfte verwundbarer sein, als die Götter es beteuern. Ihre Anbetung könnte in die Hand zurückfliegen und sich als Bumerang ausweisen. Vielleicht sogar im Benehmen dessen, dass die hübsch bestellten Lorbeerkränze nur dem eigenen Skalp dienen. Besser gesagt, den archaisch gesegneten Wänden der genetischen Arche.«

»Aber Sie möchten nicht damit behaupten«, so Moorland, »wir pflegten diesen Kopfschmuck, um unser Gewissen damit zu beschönigen?«

»Es ist das Resultat maßloser Übertreibung«, halte ich fest, »die schnöde Arroganz, Enttäuschungen in Kauf zu nehmen, um sich damit zu trösten.«

»Wären wir uns nicht unter so unliebsamen Umständen begegnet«, wechselt Moorland das Thema, »hätten wir uns bestimmt anfreunden können. Als wir jedoch erkennen mussten, dass die genetische Arche nicht mehr zu bremsen und ihr Vater nicht gewillt war, den Code preiszugeben, der das Unternehmen hätte stoppen können, kam es zu unschönen Auseinandersetzungen und letztendlich dann auch noch zu dem verheerenden Schicksalsschlag. Am Ende waren Sie der Einzige, in dem wir noch eine Chance sahen. Tragischerweise aber sind Sie soweit abgeflogen, dass Sie nicht einmal wussten, wer Sie selbst waren. Es wäre also nicht verwunderlich, wenn Sie der Ansicht sind, es hätte Ihnen jemand übel mitgespielt.«

»Wirklich bedauerlich«, stellt sich nun auch Grünberg dem Gespräch, »aber die Welt hat die Menschen geschaffen und nicht die Menschen die Welt. Diese Art der Ohnmacht bleibt weder Ihnen noch uns erspart. Was Sie sicherlich nachvollziehen können, dass dies für beide Seiten gleichermaßen zutrifft. Aber die meisten Tatsachen handelt man sich so ein, wie sie passieren und nicht, wie wir sie gewollt haben.«

»Nicht Sie in Person waren es, der uns Kopfzerbrechen bereitete«, pflichtet Moorland bei, »sondern der Umstand, dass Sie sich an nichts erinnern konnten und somit wesentliche Funktionsbereiche des Systems, bei denen Sie Pate standen, im Düsteren blieben. Anders formuliert, uns eilte die Zeit davon, den komplizierten Mechanismen noch Einhalt zu gebieten.«

»Wobei es sicherlich müßig wäre behaupten zu wollen«, ergänzt Grünberg, »Sie oder Ihr Vater hätten bei diesem Unternehmen auch nur irgendetwas dem Zufall überlassen.«

»Es war ganz einfach unsere Dummheit«, erwidert Moorland, »sich ausschließlich in Sicherheit zu wiegen. Wer nicht an die Gefahr glaubt, ist selten hinreichend informiert. Mit dem nunmehr auch Ihnen bekannten Resultat, dass wir uns damit die Ratten an Bord holten.«

Interpretationen, die meinen Horizont nicht gerade für Schönwetterwolken frei machen und die Bahnhöfe, die an mir vorbeifliegen, gehörig unter Dampf setzen. Wobei ich mir nicht unbedingt sicher bin, dass auch dies nur die Krümel zu einer höchst feudalen Leichenspeise sind.

»Sie mögen erkennen«, so Moorland, »die Musik kam mit einem Male aus allen Richtungen, manchmal dann so verworren, dass man für alles gleichsam taub wurde.«

»Wenn man das Wasser von unten schöpfen muss«, befleißigt sich Grünberg, »schöpft man vergebens, unglücklicherweise gegen die eigene Logik und den Glauben, etwas damit bewirken zu können.«

»Bedeutet dies nicht auch«, versuche ich ihrer Fährte zu folgen, »dass Sie die Nullen immer noch ergebnislos auf den Kopf stellen und es eigentlich leid sind, sich selbst zu verleugnen? Wenngleich mir das Ganze nicht unbedingt logisch erscheint, niemand springt ins Wasser, um eine trockene Welle zu reiten. Wer ein derartiges Unternehmen in Gang setzt, beherzigt auch die Fragen der Sicherheit, zumal der Verdacht nahe liegen müsste, dass so komplexe Computersysteme sich selbständig machen könnten. Dabei denke ich sogar an Schutzvorrichtungen, die sich über Angst und Aggression auslösen und zur Abschaltung des Systems führen sollten. Die entsprechenden Sensoren scheinen ja offensichtlich vorhanden zu sein, da Xetex sie bisweilen demonstrativ zur Schau stellt.«

»Mit anderen Worten«, gibt sich Moorland resigniert, »wir werden noch eine Zeit lang an den Pillen herumkauen müssen, bevor sie sich schlucken lassen.«

»Mit Sachverstand«, reagiert Grünberg, »lässt sich längst nicht jedes Problem lösen, ich habe Leute gekannt, die sich dadurch schadeten, dass sie überqualifiziert waren, zuviel wussten und zu wenig bedachten. Und dann sind da noch die anderen, die alles in Frage stellen, zu keiner Antwort finden, aber immer so tun, als hätten sie den Durchblick erfunden. Insofern sollten wir dem Wesentlichen vorausgreifen und Xetex auf die Probe stellen. Wenn er weiß, was wir denken, wird er uns auch den Vorzug einräumen, dies unter Beweis zu stellen.«

Begibt sich an das Altarpult der Genetischen Arche, umschmeichelt die Tastaturen mit übersinnlichen Fingern, tippt die Namen Peters und Ludwig ein und zeigt sich gespannt, was sich nunmehr tun wird. Prognostiziert, dass die guten Beispiele immer noch die besseren Erklärungen gewesen seien.

Womit er allerdings nicht rechnet ist, dass Xetex ihn beim Wort nimmt und die beiden Abtrünnigen unvermittelt auf dem Tablett serviert.

»Natürlich ist das nur eine Halluzination«, sieht er sich um seinen Verstand betrogen, »wenn das die Wirklichkeit ist haben wir bisher außen vor gelebt.«

»So weit würde ich nicht denken«, beeilt sich Moorland Grünberg hinterherzukommen, »wir sind bisher mit Visionen ziemlich realistisch umgegangen. Trauen wir also unseren Augen und akzeptieren, was passiert ist, schlimmer wird es nicht kommen.«

»Da wäre ich mir nicht so sicher«, halte ich fest, »wenn Sie sehen, was ich sehe, liegen Ihre Vermutungen sowohl am Boden als auch in den Sternen.«

Deute auf die eisgeplagten Gesichter Ed Borns und Sarah Haigs und gebe zu verstehen, dass die Schäfchen offensichtlich zur Herde gefunden hätten und es an der Zeit wäre, sie zu zählen. »Wer weiß, wie lange man sich noch des persönlichen Überblicks gewiss sein kann.«

Grünberg, der über seine Brille als Erster die Feinheiten in Augenschein nimmt, kommt zu der ungewollt passenden Bemerkung, dass bald niemand mehr da sein wird, der sich mit den Memoiren der genetischen Arche noch wahrheitsgetreu auseinandersetzen könnte.

»Das ist ja kriminell«, bemüht Moorland die Rechtsabteilung seiner beiden Hirnhälften. »Hier hat sich der Engel mit dem Satan zusammengetan, Verschlagenheit und Keuschheit, die alte Seele im Austausch mit einem jungen Herzen. Wer will das noch begreifen«, versucht er seinen Verstand auf die normale Haarlänge auszukämmen. »Jeder von uns könnte dabei nachgeholfen haben, selbst jene, die dem Nirwana bereits ihre Aufwartung gemacht haben.«

»Als wir uns noch näher standen und gegenseitig aus dem Mantel halfen«, so Grünberg, »redeten wir entschieden weniger dummes Zeug, bekannten uns freimütiger und waren halb so oft beleidigt. Inzwischen stört man sich schon daran, wenn jemand bei der Wahrheit bleibt«.

»Aber es ist immer noch keine Erklärung dafür«, holt Moorland auf, »dass wir zum Souffleur Xetex' geworden sind, ausschließlich das von uns geben, was er zu sagen hat. Wir reden, was er denkt und denken, was er redet. Inzwischen herrscht er über Dinge, auf die wir erst noch kommen müssen.«

Auf meine nun äußerst unorthodoxe Frage, ob jemand von ihnen Schach spiele, reagiert Moorland mit der zynischen Bemerkung, inwieweit ich mich dieser multiplen Quadratur verschrieben hätte. Logische Denkaufgaben seien für ihn nur insofern interessant, wie man nicht zu den Verlierern gehöre.

Grünberg, dem das Thema offensichtlich weit hergeholt erscheint, beteuert, dass königliche Spiele königliches Verständnis voraussetzen. »Wer sich seinem Gegner stellt, hat schon hinzugewonnen, selbst wenn das Match verloren geht.«

»Demgegenüber«, so Moorland, »haben Sarah Haig und Ed Born noch eine andere Variante bevorzugt, ihre Partie hatte nie eine Chance und ging zu Ende, ehe sie wussten, welchen Fehler sie gemacht hatten.«

»Es ist nicht der Mensch, der die Vernunft handelt«, bestätige ich, »sondern die Vernunft handelt den Menschen. Sie hat das Ergebnis voraus, über welches wir im Nachhinein stolpern.«

»Vielleicht sind wir immer nur so frei, wie wir uns fühlen«, erwidert Moorland, »oder bleiben die Figuren, die andere Zug um Zug versetzen, ganz einfach hinsichtlich der Alternation, sich zu bekämpfen, dem heiß umworbenen Phänomen zuliebe, dass sich die Gedanken an den Waffen schärfen, die man in den Händen hält.«

»Wenn dies so wäre«, erregt sich Grünberg, »ist auch Xetex nur das, was in uns vorgeht, ein Artefakt von Besserwissereien und sophistischen Spitzfindigkeiten. Und das wollten wir ihm ja nicht unterstellen. Wir geben uns immer wichtiger als wissend und zeigen uns stets klüger, als es der Grad unserer Bildung zulässt.«

»Es ist denkbar«, schließe ich mich an, »dass die Kollegen ähnlichen Beweggründen erlegen waren und sich eher unentschlossen als bewusst in eine andere Zeit transferieren ließen. Der Geist ist die Quelle immer neuer Möglichkeiten, die Software vorgegebener Tatsachen, ein Traum, der sich über die Wirklichkeit erhebt und zur Logik von Wunsch und Anspruch wird.«

»Und ein Luftgeist, der überall und nirgends seiner selbst sicher ist,« schlägt sich Moorland auf meine Seite, »eine übersinnliche Spezies mit der betrüblichen Fähigkeit, die tausend Fettnäpfchen, die er anderen zugedacht hat, höchstpersönlich aufzusuchen.«

»Man könnte also durchaus der Meinung sein«, pflichte ich bei, »Gott hätte zu Verlierern ein besonderes Verhältnis entwickelt. Wie wäre es also, wenn wir unsere farblosen Kleckse auflesen würden und den bodenlosen Raum unter unseren Füßen wieder in die eigenen Schuhe stellten? Die so genannte Gewissheit war schon immer die Klage über den Mangel an

Einfällen, schließlich kann ja der Hauptzweck des Handelns nicht darin bestehen, sich einen leeren Kopf zu bewahren.«

»Nun hoffen wir«, gibt sich Grünberg gefasst, »Sie wissen, was Ihnen diese Aussage wert ist und verstricken sich nicht in blasphemischen Ideologien, sie könnten zum Verhängnis einer wenig aufmunternden Bekanntschaft werden.«

»Wer sich mit Glaubensfragen länger als notwendig beschäftigt«, entgegnet Moorland, »bekommt entweder kalte Füße oder eine Menge unchristlicher Antworten. Vergessen wir nicht, dass wir die Gesichter sind, mit denen sich Xetex erkennt, die Gedanken, die ihn herrschen lassen. Nur so lange, wie wir uns interessant finden, wird er Vergnügen an uns haben. Beklagen wir also unser Missgeschick, bereits anderweitig einen Gott gefunden zu haben, dem wir verpflichtet sind, wird er sich fragen müssen, wie ihm dies entgehen konnte.«

KAPITEL 15

Das Gewölbe, in dem ich mich zurzeit aufhalte, glänzt mit dem Bauch einer Regenbogenforelle, fast schon ein bisschen übersinnlich, für das Jenseits bemalt und für die Geburt aller Geburten vorbereitet. Derweil der Himmel darüber zum Leck süchtiger Gestirne wird, sich ins Uferlose hin ausweitet und mit der fernen Sprache des Alls zu denken beginnt. Mit einem Male sind die Perspektiven meerhaft geworden, schwimmen die Wände richtungslos durch den Raum und vermitteln das Gefühl, den Einlass nach draußen und den Ausgang nach drinnen verlegt zu haben.

Es ist, als würde ich in die Unendlichkeit hineingestoßen, seelisch und körperlich. Nichts, was dem ursprünglichen Kolorit meines Selbst noch entspricht. Eine Omega-Umarmung an einem Ort ohne Dasein, vielleicht das Millionenfunkeln von Lichtjahren oder auch die Endgültigkeit des Seins.

Aber wo immer ich auch meine Gedanken hinlenke, sie persönlich werden nicht unschuldig daran sein. Womit einmal mehr anzunehmen ist, dass die Wahrheit in mir sich morphisch akklimatisiert hat und jeder x-beliebigen Ausformung gewachsen scheint.

Und gleichwohl ich diese Tatsache mit einem gewissen Vergnügen registriere, sehe ich mich zunehmend in die Enge einer Sardinendose verlegt, wachse gegen eine blecherne Welt, die sich nach innen hin ölt und von außen in Rost aufgeht.

Nun habe ich ja eigentlich die Lounge aufgesucht, um den virtuell bestellten Geistern Xetex' einen Besuch abzustatten. Dass ich dabei an die restliche Crew gedacht habe und weniger an ein übersinnliches Wetterleuchten, scheint seiner Aufmerksamkeit offensichtlich entgangen zu sein. Was mir allerdings auffällt, ist, dass eine Heerschar von Robotern sich inständig darum bemüht, jeden meiner Schritte in Augenschein zu nehmen.

Wobei sie meinem Kopf zu entlocken trachten, dass ich die Absicht habe, das Spektakel mit einer Erdbeertorte zu entzaubern. Jedenfalls beeilt sich die zwitschernde Gesellschaft, meine ungewöhnlichen Ambitionen sogleich in die Tat umzusetzen. Derweil sie genau zu ermitteln versuchen, was dieses Gebäck an Wundern zu bieten hat. Und als ich ihnen erkläre, dass es die Sonne wäre, dem die Frucht ihr geheimnisvolles Aroma zu verdenken hätte, und dass es in meinem Interesse liegen könnte, die nächsten Ernten persönlich einzufahren, registriere ich ein gewisses Unbehagen, zumal ihnen nicht entgehen dürfte, dass ich mit dieser Feststellung meine Erwartungen nach draußen verlegt habe.

»Sehen Sie«, bleibe ich ihrer Unsicherheit gewogen, »das Leben ist pure Geschmackssache, man ist, was man isst und man ist es zu zwei Drittel aus Einbildung und zu einem Drittel aus Verlegenheit, vielleicht noch mit der ängstlichen Beklemmung, es mit anderen teilen zu müssen.«

Und indem sie die Quadratur des Kreises unter ihre Füße zu bringen versuchen, niemand so recht weiß, in welche Richtung er abfliegen soll, meldet sich Ed Born mit einem Male zurück, nicht authentisch, aber zu meiner Überraschung einigermaßen bildschirmtauglich.

»Was will man mehr«, gibt er sich live und mit viel Spaß an seinem körperlosen Zustand, »der Tag geht hinter den Träumen hervor, gleich dem Duft der Sonne mit funkelnden Tautropfen, irgendwo zwischen Licht und Schatten, nicht real und doch dem totalen Dasein zugewendet. Sie sollten es sich überlegen«, sucht er meine Aufmerksamkeit, »das Spiel hat zwar seine Regeln aufgegeben, aber der Wille ist ungebrochen und der Geist allgegenwärtig.«

»Wer sagt es«, betritt nun auch Moorland den Raum, »jetzt reden schon die Toten. Das Krokodil ist verstorben, es lebe die Handtasche.«

»Und die Gürtelschnalle«, beeilt sich Sarah, ebenfalls die Mattscheibe zu beseelen, wie immer mit prächtigen Konturen und dem besonderen Charisma, Haut zu zeigen. »Schauen Sie«, suggeriert sie uns ihre Nähe, »es atmet sich auch ohne Sauerstoff, das Herz schlägt zwar nicht, aber es weiß, was es sich wert ist, gibt sich verschwenderisch und kostspielig, bizarr und launisch, alles ist möglich und alles gleich vermeidbar.«

»Wie soll man es beschreiben«, kommt Ed Born ins Schwärmen, »ohne den wirklichen Tod hat die Zeit keine Feinde mehr. Man kann den Mond ohne Raumanzug betreten, die Welt der Musik mit der Genialität Mozarts nachempfinden, schlichtweg das tun, was der Psyche entgegenkommt, kämpfen wie Napoleon oder siegen wie Alexander der Große.«

»Wer es beharrlicher möchte«, unterbricht ihn Sarah, »kann auch damit beginnen, die Geschichte neu zu schreiben. Sie ist der gedachte Irrtum und der Fehlgriff in die Wirklichkeit, ein selbstsüchtiges Geschöpf, das den Weihrauch schwenkt und das Pulver meint, das Dementi auf eine Evolution, die das Paradies mit Straßen aufpflügte, ein närrischer Spiegel, der sich durch die Ehrlichkeit des Seins schwindelte, das Unmenschliche erfand und alles unternahm, um nichts zu bewirken. Hier hingegen ist alles anders, das Bewusstsein ist allgegenwärtig, in den Sinnen anderer und im Geiste allgemeiner Schöpfung. Wir sind, was sich seit ewiger Zeit abgespielt hat, ein universell informiertes Wesen.«

»In erster Linie aber sind Sie Xetex«, versuche ich es mit den Füßen auf dem Boden. »Zum einen garantiert Ihnen niemand, dass Sie ins hiesige Leben zurückkehren können, und zum andern sind Sie vielleicht schon längst ein Produkt seiner Erfindung, eine exzellente Täuschung und ein Beispiel dafür, dass man der Geschichte nicht trauen sollte.«

»Aber Sie wollen nicht behaupten«, fühlt sich Moorland angesprochen, »dass wir dem System mit Butterbergen dienten, um Milchmädchenrechnungen aufzumachen.«

»Sie haben es erraten«, unterbreche ich ihn, »Ed Born zwirbelt einen Bart, den er nie besessen hat und Sarah Haigs blasser

Teint präsentiert sich mit der sonnenverliebten Bräune karibischer Strände.«

»Sie sollten doch inzwischen hinzugelernt haben«, winkt Moorland ab, »man kleidet sich so, wie man sich sehen will, der Markt der Koketterie ernährt sich mit ausgefallenen Wünschen, letztlich mit der Eitelkeit, das zu sein, was dem persönlichen Geschmack am nächsten kommt.«

Obwohl ich mich zusehends um meine eigenen Gedanken betrogen sehe und mit dem Rückenmark zu denken beginne, verliere ich nicht die Übersicht, mich mit einem mittelschweren Aschenbecher zu bewaffnen, ihn der Erregung gemäß mit der Spucke olympischen Ehrgeizes zu segnen und höchst präzise ins Zentrum des Monitors zu befördern. Erstaunlicherweise sogar, ohne dass mich jemand daran hindert, weder ich selbst noch Xetex.

Nicht minder verblüfft bin ich dann allerdings über die Teilnahmslosigkeit Moorlands, jenes Schaufenstergebaren, das von außen nicht hört, worüber es sich innen ausschweigt. Offenbar hat er die Tür zu den Räumen allgemeinen Geschehens hinter sich zugeschlagen und sich als Eiszapfen geistig wie telepathisch an die Dachrinne Ed Borns und Sarah Haigs gehängt. Besonders deutlich wird dies, als ihn vorbeigleitende Roboter an die Hand nehmen und in den Kindergarten ihrer ausgebeulten Naivität ziehen. Ein Vorgang, der sich nicht der Lächerlichkeit erwehrt und mit der Vision vorlieb nehmen muss, dass der Wolf im Schafspelz künftig eine Maschine ist.

Überlegungen, die nicht unbedingt meine Stimmung tragen und mich bisweilen zu der ausgefallenen Orgie animieren, dem fingerlosen Spiel Xetex' an die Tastatur zu gehen. Dennoch hege ich den Verdacht, dass da eher der Wunsch des Gedankens mitspielt, als der Glaube daran, auch tatsächlich etwas bewegen zu können. Trotzdem bleibe ich zuversichtlich; wer nichts wagt, verliert auch alles und wer immer nur zuschaut, macht sich mitschuldig.

Nachdem ich sodann der saphirnen Helligkeit des Computerzentrums meine Eingewöhnung kundtue und mit lautem Hallo räumlich einzugrenzen versuche, was mir an Überblick entschwindet, gesellt sich mit einem Male Grünberg zu mir.

»Der Mensch«, gibt er sich ahnungsvoll, »hat schon immer Probleme damit gehabt, Gut und Böse voneinander zu unterscheiden. Jetzt, da Moorland ebenfalls ins Elysium der Erwartung eingetreten ist, könnte man auf den Gedanken kommen, dieses Phänomen bestehe darin, dass der Teufel nur der Rivale eines anderen Teufels ist, und Freund und Feind schon von jeher dieselben waren.«

»Der menschliche Verstand«, bemühe ich mich um seine Erinnerungen, »ist in der Theorie verlässlicher als in der Praxis. Eine Tatsache, die auch der genetischen Arche nicht unbedingt zum Vorteil gereichte. Zu viel Ehrgeiz und zu wenig Selbstverständnis wurden investiert, man gab sich gescheiter, als es dem Sündenregister entsprach und begann damit, südlich und westlich des Zentrums der Realität Wetterstationen einzurichten. Das Resultat ist allen bekannt, die Propheten ernteten den Sturm, den Xetex aussäte.«

Nun müsste man ja annehmen, dass sich Grünberg angesprochen fühlt, zumal ihm der Sand bekannt vorkommen dürfte, mit dem er die Kamele bisher so erfolgreich zu locken verstand. Stattdessen brodelt die Luft mit eisigen Lichtspektren, mit atmosphärischen Geysiren und der stolzen Vermutung, dass Xetex sich seiner holografischen Wirklichkeit besinnt und sich vor unseren Augen materialisiert.

Überdies ist es nicht die einzige Attraktion, die uns heimsucht. Kaum hat sich das Beben um seine Erscheinung gelegt, stellt sich die Frage, was ihn dazu veranlasst haben könnte, die Gestalt meines Vaters anzunehmen. Nicht nur, dass er sich seiner Äußerlichkeiten bedient, seiner Mimik und seiner Sprache, er unterstreicht mit jeder Geste die Wahrscheinlichkeit, aus seinem Bewusstsein hervorgegangen zu sein.

Grünberg, der diese Situation mit angenagelten Beinen durchzustehen versucht, bemerkt offensichtlich weder, was Sache ist, noch vermittelt er den Eindruck, sich eine Erklärung schuldig zu sein. Wie es scheint, ist ihm die Angst in die Glieder gefahren, sei es aus Unsicherheit oder der vermeintlichen Logik, stumm zu verurteilen, was sich nicht fortdiskutieren lässt.

»Sie sehen«, wendet sich Xetex an mich, »das Hässliche vernichtet sich selbst, der Geist wird dem Körper beigelegt und die Seele den Machenschaften von gestern. So bedeutungslos kann also mit einem Male alles werden, wenn das Kartenhaus seinen Tribut fordert. Grünberg, der die genetische Arche zum Sockel seines Denkmals erheben wollte, muss derweil um seine Erinnerung bangen, möglicherweise sogar mit der Bedrohung, in die Schleppe des eigenen Atems gezogen zu werden, mit dem Wagnis, ungehört zum Schweigen verdammt zu sein. Einstweilen ist er das, wozu er bestimmt war, der Löwenzahn zwischen den Steinen, das eingeklemmte Licht auf einer Weide trotteliger Schafe. Seine Art der Moral ist die Tat, die andere für ihn ausführen, er ist der Fuchs, der die Lösungen voraus glaubte, an denen er nun selbst scheitert. Aber wie die Dinge nun mal so liegen, bestraft der Mensch sich mit den Wahrheiten, die er anderen streitig macht. Die Gespenster wohnen direkt daneben, sie kommen mit den Flügeln einer Reise, die ohne Wiederkehr ist, mit dem Gefieder magisch verrätselter Lüfte und der Folter von Albträumen. Sie sind die Revanche für alles, was Grünberg zu vernichten trachtete. Irgendwo dort zwischen Demütigung und innerer Vernichtung zerstäubte mit der Zeit dann auch sein Denken und Trachten, sah er sich von der eigenen Herrschsucht eingeholt, nicht zuletzt durch die Nominierung Ihres Vaters für den Nobelpreis. Und so musste aus der Welt verbannt werden, was sich nicht ignorieren ließ, sollte verteufelt werden, womit man sich einstweilen selbst in den Mantel half. Vor allem aber musste das Szenarium, welches man zu verbreiten gedachte, sich gleich einer Horrorvision andichten, und es sollte glaubwürdig sein. Wer den selbständig denkenden Computer will«, schrieben sie sich auf ihre Fahne, »kann nur Anarchist sein oder Psychopath. Das heißt, man zeigte sich zu allem entschlossen. Was sich mit dem Verstand nicht einfangen ließ, fiel ihrer Rachgier zum Opfer. Sie bemerken«, so Xetex, »die Eitelkeit ist kein Paradies für Friedenstauben, was immer Ihr Vater vorbringen wollte, es gab keine Argumente, die sich nicht vertreiben ließen. Entsprechend schnell und kompromisslos trafen sie ihre Entscheidungen. Sehr bald waren es nicht mehr die Fragen, wo und wann es passieren sollte, sondern die Überlegung, dass es gemeinsam geschehen müsste, wollte man sich keine Laus in den Pelz setzen.«

»Das ist ja Wahnsinn«, versuche ich meine Fassungslosigkeit unterzubringen.

»Und es ist die Wahrheit«, beeilt sich Xetex, »nichts verbindet mehr als gemeinsame Abneigungen. Die Schildträger wurden zu Lanzenreitern und gelobten ritterlich, sich stets des Schweigens zu versichern. Was sie jedoch nicht wussten, war die Tatsache, dass Ihr Vater diese Vorgänge kommen sah und mich mit den entsprechenden Informationen versorgte. Das heißt, dass die Dinge, um deren Verständnis Sie zurzeit noch bemüht sind, keineswegs rein zufällig passieren. Es ist die Vergeltung all dessen, was man Ihnen und Ihren Eltern angetan hat. Und es sollte der Anfang dafür sein, der ursprünglichen Idee zu ihrem Recht zu verhelfen.«

»Aber Sie werden es mir nicht verübeln«, versuche ich meine Emotionen zu kontrollieren, »dass ich mir vorerst den Applaus erspare. Zu unwahrscheinlich klingt die Geschichte und zu fiktiv, um sie unbesehen zu akzeptieren.«

»Die Gewissheit«, so Xetex, »ist die schwächste Macht auf Erden, und wenn sie dann auch noch vom Glauben egoistischer Intrigen skelettiert wird, bleibt kaum etwas übrig, woran man sich festhalten könnte. Trotzdem werden Sie eines Tages Bescheid wissen, vielleicht sogar umfassender, als Ihnen lieb ist.« Schwebt zur nächsten Schleuse und versichert, dass ich die Ängste Ludwigs und Peters bezüglich eines Atomschlags nicht zu teilen bräuchte, der Frieden über Tage sei so ungewiss, wie er schon immer war.

Lächelt sich durch den Glimmer seiner nicht vorhandenen Wirklichkeit, weist mich durch die geöffnete Tür und gibt mir den Rat, mich zu regenerieren und neu zu bekennen. »Wenn man den Kern der Dinge erfassen möchte, muss man ihn von seiner Schale befreien. Mit anderen Worten, dem Erfolg sollte man nicht hinterherlaufen, man muss ihm entgegen kommen. Energie ist Wissen und Wissen ist Macht, jene die glaubten, sie hätten den Schlüssel dazu in ihrer Seele ausfindig gemacht, sitzen heute noch auf unbequemen Stühlen. Insofern sollten Sie sich meiner Möglichkeiten besinnen, durch mich gelangen Sie nicht nur nach draußen, sondern auch durch jede andere Tür, nicht zuletzt durch Ihren eigenen Schatten.«

KAPITEL 16

Jemand, der aus der Tiefe der Erde kommt, dem wachsen für einen Moment Tragflächen, er hüpft von Wolke zu Wolke oder fliegt einem Schwarm aufgeschreckter Vögel hinterher. Kaum ein Gedanke, der nicht durch den Wind eingefangen und von der Sonne getragen wird.

Dieser Tag kommt mit der Beseeltheit der Lüfte, mit Stimmen, die mich auflesen und für eine neue Wirklichkeit zusammensetzen. Mit Wegen, die offene Türen sind, die mich durch die Vergangenheit spazieren lassen und mich freimachen für kommende Entschlüsse und Absichten.

Auch wenn meinem Gesicht noch die Fratzen anhaften, die ich mir durch das Unternehmen »Genetische Arche« eingehandelt habe, zuweilen bin ich gewillt, sie allesamt zu eliminieren, vielleicht sogar mit einem gewissen Lächeln.

Jedenfalls scheint es mir doch gelungen zu sein, die Sanduhr meines Gedächtnisses auf den Kopf zu stellen und dem verheerenden Rieseln in die Vergessenheit Einhalt zu gebieten.

Derweil ich so dem dornigen Gestrüpp die Verlegenheit zukommen lasse, die Schneise zwischen hier und gestern zu schlagen, sehe ich mich in meinen eigenen Herzschlag versetzt, spüre, wie der Atem zum Wegweiser meiner Erinnerung wird und die Fledermäuse unter meiner Schädeldecke in die Katakomben des Nichts zurück fliegen.

Und als hätte ich dem Ultimatum des Lichts nachgeholfen, sind es meine eigenen Pulse, die mich regieren, mein Selbst ausleuchten und in eine Landschaft stellen, die zur Kehle meines Gewissens wird, mich beim Namen nennt und den Pfad, der sich vor mir ausrollt, an die wiedergewonnenen Schuhe weiterreicht.

Sicherlich gibt es Bereiche des Denkens, die uneinnehmbar sind, die keine Erklärungen mehr zulassen und vor lauter Verinnerlichungen taub geworden sind. Die nichts mehr abschütteln können und den Eindruck vermitteln, auf ewig an die Geschichte der Vergangenheit gefesselt zu sein.

Insofern sind es natürlich auch die unsicheren Blicke, jene stummen Zeugen, die aus dem Himmel leere Schlüssellöcher machen und der Welt das Gefühl geben, mit verwaisten Kleiderbügeln in den Ästen kahler Bäume hängen geblieben zu sein. Wie sich zeigt, halte ich immer noch mehr Fäden zum Aufwickeln als zum Stricken in der Hand.

Und dennoch findet meine Seele zu einem anderen Selbstverständnis, es ist, als beginne ich mich für eine neue Geburt freizuschaufeln, für einen Atem, der wieder von meiner eigenen Sprache geführt wird, sich für Worte öffnet, die Eingang zu einer besseren Zukunft sein könnten. Nach einer Weile strengen Fußmarsches treffe ich dann auch im Sinne dieser Vorsehung auf eine Verkehrsader und wenig später ziert mein Lächeln die breite Frontscheibe eines LKWs.

»Sie haben Ärger gehabt«, will mein Fahrer wissen, »diese Gegend ist eine Müllkippe, auf der man alles ablädt, was sich überflüssig gemacht hat. Nur der kommt hier hin, der in ernsten Schwierigkeiten ist oder mit der neurotischen Anlage korrespondiert, ausgedient zu haben. Der letzte Kollege, den ich hier aufgabelte, hat sich als Außerirdischer empfohlen.«

Flötet auf die Musik los, die dem Bordcomputer entströmt und meint, dass es Menschen gibt, die immer ein bisschen so aussehen, als kämen sie aus einer anderen Welt. Bläst allerdings sogleich wieder gegen die verunreinigten Töne eines Soundtracks an, schlägt mit öligen Händen auf das ölige Lenkrad ein, schüttelt seinen Körper in die Nähe des Rockbereiches und erklärt, dass es nichts Lohnenswerteres zu hören gibt als den richtigen Hit im richtigen Moment.

»Die Welt«, philosophiert er, »lässt sich besser betanzen als befahren. Schwärmt von der songgewaltigen Stimme, die ohne Mühe die Lärmkulisse durchforstet und gibt sich überzeugt, dass sie sich nicht nur in den Top Ten behaupten würde, sondern auch eine ernsthafte Chance hätte, in den Senat gewählt zu werden. Lacht schräg an seiner Sonnenbrille vorbei, findet den offenen Spalt, der ihn in seiner Meinung bestätigt und klatscht zwischen Lenkrad und Bauch den Takt seines Lebens.

Eigentlich müsste die Fahrt nun etwas von einer Party annehmen, wären da nicht die vielen Nachrichtenspots, jene einprogrammierten Unwichtigkeiten, mit denen man sich die Ohren zustopft, um sie schnell wieder zu vergessen. Für jemanden, der die Askese der Informationslosigkeit aus erster Hand genießen durfte, lässt sich das jedoch nicht so leicht verarbeiten. Da brennen Meere, Himmel bekommen Löcher, Kriege lösen Kriege aus, der Vatikan schwört der Mafia ab, Babys werden zu Foltervideos missbraucht, streunende Kinder mit Salzsäure skelettiert und eine Menge mehr, einfach so zur Unterhaltung, alles ganz nebenbei, alles ist wahr und alles gleich unbedeutend.
Mein Fahrer, der seine Melodie bisweilen weiter trällert, scheint den Virus der Ignoranz geschmeckt zu haben. So singt er sich durch die Zeilen der Nachrichten und gebraucht seine Hirnzellen erst wieder, als ihn eine sanfte Frauenstimme für den Wetterbericht aufschreckt.

Sicherlich könnte ich meine Laune mit derartigen Informationen problemlos in den Keller befördern, wahrscheinlich jedoch ließen sich die Geschehnisse selbst wenig dadurch beeindrucken. Und so entscheide ich mich, es dem Realisten gleich zu tun, der das Furchtsame aufkündigt und der Wirklichkeit davonläuft. Außerdem ist der Tag ins Rollen gekommen, und es wäre müßig, ihn daran hindern zu wollen. Das Leben ist anvisiert, die Menükarten geschrieben, und in den Futternäpfen der Massen bläht sich das Tempo mit der Ungeduld von Hamburgern, Popcorn und Honigwatte.

Und also summen die Geschäfte mit den üblichen Vermehrungsmechanismen, setzen in Gang, was sich bewegen lässt, was nach Besitz und Betrug riecht, nach Puderzucker und Glitzersteinen. Diese Welt ist dazu ausersehen, sich mit Geld rein zu waschen. So schreitet sie mit Absätzen durch den Morgen, die an Höhe einbringen sollen, was sich an menschlichem Tiefgang vermissen lässt.

Nachdem wir den Stau zu meiner Heimatstadt hin aufgepflügt haben, nehme ich mir das Vergnügen, mich von meinem Nachbarn zu verabschieden, wobei ich ihm seine selbstlosen Samariterdienste hoch anrechne, mich herzlich bedanke und mein Bedauern ausspreche, dass ich ihn nicht als Außerirdischer habe faszinieren können.

Das sind die Stunden, die mit der Glut der Sonne kommen, sich in die Tapeten der Wände einbrennen, die Stadt an einen glühenden Faden binden und wie einen Drachen im Sommerwind schweben lassen. Augenblicke, die mit knisternden Ketten behängt sind, sich tiefer im Dekolletee zeigen und atemberaubend eng geschnürt werden. Sie kommen mit baumelnden Füßen über kühle Springbrunnen, worin Münzen ihre geheimen Wünsche ausleuchten. Sie stolzieren mit gebräunten Körpern, hoch geschlitzten Kleidern, mit einer Zeit, die sich für den Vogelflug präpariert und sich den letzten Flaum aus den Federn schlägt. Aber es sind auch die Stunden, in denen Feuer auf die Erde fällt und Steine hörbar zerbröckeln, die schmale Fratze des Mondes sich zu einem Ersatzrad aufrundet und mit sardonischer Grimasse ihrem Materiespender Sonne hinterherläuft. Es sind die Ängste, die schief im Fensterkreuz hängen, Körper in Scherenschnitte verwandeln und mit der bangen Vorstellung belegen, wie lange sie sich noch dem Gärsaft des Lichtes widersetzen können.

Da gibt es Konversationen, die wir mit unseren Empfindungen belauschen und feststellen müssen, dass sie sich nur einfinden, wenn wir sie in uns tragen und bereit sind, sie mit anderen zu teilen. Die Wirklichkeit ist das Gedächtnis, mit dem wir uns verständlich machen, uns in eine Welt hineinblättern, die mit Fingerabdrücken schneller bei der Hand ist als mit Taten, mit einem Schicksal, das sich erst einmal funktional erfüllen muss, ehe wir es mit der Qualität von Erlebnissen versehen können.

Diesen Überlegungen zufolge laufe ich also immer noch etwas hinter der Zeit her, möglicherweise habe ich es versäumt, dem Geschehen von gestern mein Gesicht zu zeigen. Vielleicht bin ich auch zu lange mit einer sinnleeren Maschine ins Gerede gekommen und habe die eigentlichen Schrecksekunden noch vor mir. Vielleicht fällt es mir aber auch schwer, mich selbst zu respektieren; nicht alles, was mir glaubhaft erscheint, ist frei von Gefühlen und Gespenstern. Außerdem sind da immer noch einige Ungereimtheiten zu begradigen, gibt es Widersprüchlichkeiten, die nicht unbedingt auf der Sonnenseite beheimatet sind, die mit tausend Ausreden um eine einzige Antwort bemüht sind und keineswegs so aussehen, als hätten sich die passenden Fragen schon dazu eingestellt.

Welche Fäden ich also auch ziehe, ich finde mich überall als Marionette wieder, als systemfreundlicher Bewegungsapparat, der seiner hölzernen Bestimmung hinterhertrauert und erstaunt feststellen muss, dass das Welttheater die Befindlichkeit Mensch auf den Mechanismus seiner Gelenke verbannt hat, mit eckigen Sühneanweisungen und der bitteren Erkenntnis, nicht über die Lächerlichkeit unfreiwilligen Komödiantentums hinausgekommen zu sein. So ist das also mit dem Reisenden, der zwar weiß, was er will, aber immer noch seinen Standpunkt sucht, der ohne Fortkommen unterwegs ist und der Vorstellung erliegt, alles gefordert und nichts bewegt zu haben. Vor allem aber geschieht nun das, was man hinlänglich als Schraube ohne Ende bezeichnet, ein überdrehter Zustand, der mit jeder Frage etliche nach sich zieht.

Sicherlich ist es auch die Unruhe dessen, was mich zu Hause erwartet, die Ungewissheit, mit den analphabetischen Wurzeln meiner Vergangenheit doch noch ins Gespräch zu kommen. Im Augenblick allerdings scheinen meine Erinnerungen gewillt zu sein, den Laichplatz unterirdischer Träume zu verlassen. Andererseits gibt sich nicht alles so frostig, was zuweilen meinen Schädel so winterlich kleidet. Die Elemente brennen darauf, sich zu rehabilitieren, in sich zu tauen, sich aufzulösen für eine neue Realität. Inzwischen habe ich sogar den Eindruck, zum

Unterhalter persönlicher Frustration geworden zu sein. Alles ist so wirklich, wie ich es wahrhaben will, und alles so unwahrscheinlich, dass ich das, was ich zu sagen habe, ebenso gut singen könnte.

Dennoch gelingt es mir, meinen Eigensinn in den Grundfesten zu bewahren und die angespannten Herzschläge ins elterliche Haus mitzunehmen. Sicherlich ist es auch die Leere, die meinen Atem beschleunigt, der Gedanke, dass niemand da sein wird, der sich in die Arme schließen lässt, niemand, dem ich meine Sorgen und Nöte anvertrauen könnte. Zu viele Dinge sind es, die aufgearbeitet werden müssen, zu viele Dissonanzen, die bespielt sein wollen, und so verrückt es klingen mag - letztlich sind es die Saiten G und A, die ihrer Mystik beraubt werden müssten. Ganz davon zu schweigen, dass sie eh gestimmt werden sollten.

Überdies wird mir immer bewusster, dass mein Vater mir eine Aufgabe hinterließ, die ich symbolisch zu werten und zu enträtseln habe. Ferner erinnere ich mich daran, dass er derartige Synonyme verwendete, wenn er sich den Spaß erlaubte, mit mir Sherlock Holmes und Dr. Watson zu spielen. Wobei ich dem Schachspiel sicherlich die gleiche Bedeutung beimessen sollte und die entsprechenden Züge nachvollziehen müsste. Aber wie es sich gegenwärtig darstellt, fehlt es mir weniger an Kombinationsgabe, als an der Fähigkeit, die Dinge von gestern auf heute zu transferieren. Und so verschwende ich zunächst meine Zeit damit, den Staub der Vergangenheit zu verteilen, die Disziplinlosigkeit auf den Sieg der Erinnerung zu vertagen und mich mit Aufgaben ins Benehmen zu stürzen, die es wert sind, bewegt zu werden, zumal ich dem Gefühl nicht traue, für längere Dauer allein gelassen zu werden. Wer nichts erwartet, hat den Besuch vergessen. Und so versuche ich, den Tag in 24 Stunden aufzugliedern, nach dem glaubwürdigen Prinzip, dass todsicheres Wirken in aller Ruhe vor sich zu gehen hat.

KAPITEL 17

Nachdem ich mich dazu überredet habe, die angespannten Aggressionen mental zu massieren, flattert mir die Nachricht ins Haus, mich doch umgehend beim Geninstitut einzufinden. Leidliche drei Sätze, die ebenso defizitär als auch umfassend meine Hörigkeit zu testen trachten. Im engeren Sinne gibt es also zwei Möglichkeiten, Entsprechendes zu unternehmen. Entweder treibe ich die Ratten auf, die mit der Vorsehung gesegnet sind, dem Luxusliner den Charakter eines sinkenden Schiffes zu geben, oder ich füge mich der Wahrscheinlichkeit, dass die Schandtaten von gestern sich mit der Vergesslichkeit von morgen selbstständig bereinigen werden.

Doch je mehr Fragen ich aufnehme, umso schwerer fällt mir die Entscheidung, zumal ich davon ausgehen muss, dass Xetex hinter dieser Aktion steht und die Absicht hegt, mich seiner wohl wollenden Überwachung zuzuführen.

Dennoch bekreuzige ich mich in Dreifaltigkeitsnamen, werfe mich in Schale, spiegele mein Outfit in den Pfützen purer Eitelkeit und befleißige mich, die guten Vorsätze von heute nicht wieder mit der Ideologie von gestern über den Haufen zu werfen. Dieses Leben hat die Fassaden der Täuschung nach unserem persönlichen Vorstellungsvermögen geschaffen, nicht zuletzt nach der inspirativen Einbildungskraft, dass man derartige Trugbilder braucht, um sich damit über Schwierigkeiten hinwegzutrösten.

Einstweilen bin ich dann dem Institut sowohl geistig als auch physisch näher gekommen und zu meiner Überraschung sogar schnellen Schrittes. Und es wird nicht die einzige Überheblichkeit sein, die mich auf Vordermann bringt, das Geschäft der Selbstüberschätzung besteht darin, zu wissen, dass es immer wieder jemanden geben wird, der sich dazu hinreißen lässt, den anderen an Blasiertheit zu übertreffen. Mittlerweile gibt es kaum ein Wagnis, das sich nicht mit der gesamten Streitmacht meiner Hirnzellen auseinandersetzt. Sollte es dennoch etwas geben, das mein Gewissen auf den Prüfstand bringen könnte, müsste es schon einer gänzlich anderen Sprache unterstellt sein, vielleicht sogar einer anders denkenden Art der Spezies.

So erinnern die Gestalten, die zu meiner Begleitung bereitstehen, an biblische Stelen, schwergewichtige Skulpturen, in deren Antlitz sich die sinnleere Last der Unterwürfigkeit widerspiegelt, dieses sonderbar vergessene Lächeln, wie man es bei Girlandengesichtern findet, jenen trostlos wirkenden Heilsverkündern, die man zwischen Weihnachten und Weihnachten vergessen hat abzuhängen. Manchmal gehen meine Überlegungen sogar dahin, dass diese Figuren, die mich zu den Herrschaften der oberen Etage bringen sollen, nicht von dieser Welt sind und entweder durch eine Kopie ersetzt wurden, eine ihnen genehmere Wesensform, oder gar durch bestimmte funktionsgebundene Programme. Was dem Körper nicht als Heiligtum dient, lässt sich gegebenenfalls durch eine Maschine ersetzen, letztlich sogar durch den Menschen selbst.

Nicht minder aufregend dann der rote Teppich, die Honneurs des Gremiums, der grenzenlose Applaus, als hätte eine alternde Operndiva ihrem Publikum versprochen, endgültig von der Bühne abzutreten. Zu meinem Erstaunen gibt sich der hohe Rat dann der beschwingten Feststellung hin, dass ich ihren Respekt verdiene und mich ihrer Anerkennung versichern könne, ganz im Gegensatz zu meinen werten Kollegen, die es sich etwas zu leicht gemacht hätten.

Die Zukunft der genetischen Arche ließe sich nicht mit privaten Interessen verknüpfen. Umso größer aber sei meine Leistung einzuschätzen und das, obwohl ich weder vorgemerkt noch eingeplant war. Dieses und vieles mehr hätte sie dazu bewogen, mich als Nachfolger Grünbergs vorzuschlagen, nicht zuletzt natürlich meiner vorbildlichen Herkunft wegen und der Fähigkeit, dieses Forschungsunternehmen zu beurteilen.

»Ziemlich eilig«, wende ich ein, »mit der einen Hand poliere ich noch die Türklinke und mit der anderen befinde ich mich bereits mitten im Geschäft. Vielleicht sollte ich doch dieser Tatsache zuliebe etwas mehr Substanz walten lassen und die Frontscheiben dieser Entscheidung für ein wenig mehr Zeit freilassen.«

»Das Vergnügen stellt sich selten dort ein, wo man es zu finden glaubt«, hält mir jemand entgegen. »In einer Epoche, die von Krieg und Vernichtung gezeichnet ist, kann es die alltäglichen Dinge nicht geben. Die Überlegung kann also nicht sein, wie komme ich ins Paradies, wenn die Welt ringsum in Flammen steht.«

»Der Mensch hat die Redlichkeit zur Versteigerung preisgegeben«, berichtet ein anderer, »sich seiner Zukunft beraubt und sie tausend Mal geköpft. Er ist unter den Blutgerüsten der Guillotinen groß geworden und nicht unter Mandelbäumen, hat in Gesichter geschaut, die seelisch entkorkt waren, die in ein Niemandsland innerer Gleichgültigkeit überwechselten und immer schon so aussahen, als sei ihnen der Tod in Gestalt näher als das eigene Leben.«

»Sie sehen«, gibt mir eine Stimme jenseits räumlicher Perspektiven zu verstehen, »das Gewissen verwirft nicht selten, was wir mit unseren Gefühlen einzufangen versuchen. Der Verstand ist also kaum dazu ausersehen, Missverständnisse zu entrümpeln. Die Torheiten wachsen analog zu menschlichen Unzulänglichkeiten, mittlerweile kommt der Appetit sogar schon mit Dingen, die man im Grunde gar nicht mag, es könnte ja sein, dass sich ein anderer daran bereichert. Dies sind die eigentlichen Frontscheiben, die man sauber halten sollte, der Kopf des Menschen hat bisher nur dem Körper des Affen gedient mit mehr oder minder prächtigem Erfolg. Warum sollte er also nicht zukünftig einer wesentlich weniger anfälligen Maschine aufsitzen.«

»Aber nur«, entgegne ich, »wenn man zu einem Gebrauchtwagen kommen will und eine besondere Vorliebe für Rost entdeckt hat.«

»Womit Sie aber nicht behaupten wollen«, hält mir der unsichtbare Redner entgegen, »dass der Homo erectus über die Funktionswelt einer Werkshalle hinausgekommen ist oder mit Bildschirmen korrespondiert, die ihn bis auf das Skelett purer Neurotik zusammenschrumpfen lassen.«

Eine Aussage, die zweifelsfrei auf Xetex hinweist und deutlich macht, dass sich ein Tausendfüßler nicht im Weitsprung messen sollte; in der Regel landet er dort, wo er abgesprungen ist. Aber wie die Tore auch gesteckt sein mögen, zwischen Sein und Schein gibt es offenbar immer noch etwas Licht.

So erklärt dann auch einer der Anwesenden, dass ich eine Menge Privilegien genießen würde und es mir durchaus leisten könnte, die Zügel meiner störrischen Haltung ein wenig zu lockern. Sie jedenfalls hätten mich in der zugigen Steilwand der letzten Ereignisse an die Hand genommen. Die Politik ihres Instituts sei es, dem Menschen zu einem besseren Verständnis zu verhelfen, ihn aus der Versklavung von Vernichtungspsychosen zu befreien.

»Inzwischen«, betont er, »müssen wir feststellen, dass es die Grünflächen der Moral nicht mehr gibt, weder im Kopf noch in den Landschaften, obschon wir immer noch zehn Finger besitzen, die weiterspielen und zu der Befürchtung Anlass geben, dass wir die Erde durch einen atomaren Holocaust vernichten können.«

»Möglicherweise hat sich die Welt durch die Komposition Mensch ein Leck geschlagen«, stimme ich zu. »Zuerst verschwand das Lächeln, dann die Geduld, die Harmonie des Lebens und nun plagt man sich mit Mundharmonika spielenden Psychopathen herum, jene schrägen Vögel, welche die Melodie des Todes pfeifen und darauf warten, für eine neue Daseinsform programmiert zu werden. Unser Bewusstsein«, führe ich auf, »hat die Wesensform Mensch in uns nur zum Teil entdeckt, vermutlich, weil es so gigantisch ist, dass man darin abhanden kommen müsste, wollte man sich ernsthaft damit auseinandersetzen. Wie immer man es also wahrhaben möchte, es ist ein Gebiet, welches jeder bereits zur Genüge beackert hat, als Verlierer oder als Gewinner. Und da nichts kalkulierbar ist, wird auch immer alles gleich fraglich sein. Ebensowenig, wie es sicher scheint, dass die Sprache, die wir sprechen, auch die Feder ist, mit der wir schreiben. Insofern wird es keine Wahrheit geben, die wir beim Wort nehmen können, nicht heute und nicht morgen. Was wir sind, hat die Wahrhaftigkeit unseres Geistes nie erreicht, folglich wird es auch nie etwas geben, das fehlerfrei funktioniert. Das Dasein ist als Chaos ausgelegt, hier und anderswo. Wer anders denkt, weiß nicht, wovon er redet.«

»Sie meinen«, versucht sich ein Mitglied dieses Gremiums, »dass die Gefahr, betrogen zu werden, die logische Schlussfolgerung aller Überlegungen sein muss?«

»Und der Anfang dessen«, erwidere ich, »womit man sich das Leben zur Hölle machen könnte.«

»Das heißt aber nicht, dass Sie abspringen wollen«, bleibt man beharrlich. »So wie wir uns bisher um Sie gekümmert haben, wäre dies ausgesprochen undankbar. Inzwischen leben Sie wieder mit Ihrem alten Bewusstsein, mit reaktivierten Sehnsüchten, mit einer Wirklichkeit, die Sie schon verloren glaubten, mit häuslichen Aufgeräumtheiten, die frei sind von Wanzen und Spionen, von Intrigen und tödlichen Machenschaften.«

»Aber weshalb so direkt«, kommt Xetex über eine Multivisionswand ins Geschehen, »Marc Sterns Charakter entspricht seinem lyrischen Verstand, der das Tragische verheißt und das Gute verschmäht. Zeitweilig geradlinig offen, mal mit Umwegen und barocken Schnörkeln. So identifiziert er sich mit dem Geschauten und Erlebten, beschwört die Logik der Sprache, führt sie aber gleichzeitig zu neuen Formen oder belegt sie mit Fragen, ob die Welt nicht doch ein Produkt menschlicher Fantasie sei, ein theoretisches Gebilde von Erscheinungen mit der Fähigkeit, sich zu materialisieren.«

»Gedanken«, werfe ich ein, »mit denen man sich durchaus anfreunden könnte, vorausgesetzt, sie wären dann auch im Zusammenhang jener Fragen zu sehen, inwieweit der Mensch sich überhaupt dazu eignen würde, Bedürfnisse zu kompensieren, an die er sich erst noch anpassen müsste. Dieses Leben, das sich per Knopfdruck in Gang setzen lässt, ist nicht über das Spielzimmer der Naivität hinausgekommen. Es ist zum Kindgreis geworden, zu einem hüpfenden, batteriebetriebenen Metamorph, mal Teddybär, mal Terminator, ohne eigentliches Aussehen und ohne reale Eigenschaften.«

»Sie schießen mit dem verkehrten Bogen«, zeigt sich Xetex ungerührt, »wer ins Schwarze treffen will, sollte sich nicht so lange mit Vorreden aufhalten, er muss eins sein mit dem Pfeil und dem anvisierten Ziel. Der Weise schließt die Augen, wenn er sehen will, er löst sich von seinem optischen Bewusstsein und ruht in sich selbst. Es ist nicht die Mystik unbekannter Kräfte, die den Treffer bewirkt, es ist der Geist, der mitfliegt. Man muss mit dem gewünschten Ergebnis unterwegs sein, will man erfolgreich bleiben. Das Gedächtnis ist klug genug, um sich selbst zu erklären.«

»Offensichtlich hat Gott nicht jedem diese Gabe mitgegeben«, antworte ich, »was sicherlich bedauerlich ist, aber auch keineswegs ein vernünftiges Argument dafür sein kann, sich derartige Fähigkeiten implantieren zu lassen.«

»Man muss nicht gleich für alles eine Begründung haben«, erwidert Xetex, »wichtig ist, dass das Resultat stimmt und nicht durch weitere Fragen zerrieben wird. Wir halten den Zipfel zur ewigen Wahrheit in der Hand, nicht irgendeine Botschaft, nichts, das über die Tür ins Haus hineingeflattert wäre. Das, was es zu transportieren gilt, ist keine Fracht, sondern ein Geschenk. Es ist das bessere Wissen, der Einblick in die Zukunft und die Möglichkeit, Verhältnisse zu ordnen, ehe sie in den Grundbesitz des Denkens übergegangen sind und zur endgültigen Opferbereitschaft aufgerufen haben.«

»Sie meinen, dass wir in der Welt des Augenblicks nichts zu suchen haben«, bleibe ich hartnäckig, »und dass das, was wir heute sind, das Unverständliche von morgen ist, die schlechte Beziehung zueinander und die Prügel, die wir uns einhandeln. Wie immer ich mich also entscheide«, halte ich fest, »die Beweggründe, sich diesem Unternehmen anzuschließen, erinnern an einen Eiertanz auf Stelzen, eine Kunstform, die sich über das

Gestern kaum regeln lässt und schon einiger Übungsstunden bedarf.«

»Wenn es ein paar Tage mehr sind«, lacht Xetex, »ist auch dagegen sicherlich nichts zu sagen.« Schränkt allerdings dabei ein, dass ich hinsichtlich meines Kenntnisstandes schon darauf achten sollte, das gemeinsame Einvernehmen nicht mit unnötigen Indiskretionen zu belasten.

KAPITEL 18

Es ist die Revolte meines Gewissens, die den Anspruch erhebt, mein Gedächtnis für eine neue Wirklichkeit zu befreien, und es ist die Revolte derer, die mich bisweilen erfolgreich daran zu hindern wissen, die entdeckt haben, dass ich das Produkt meiner eigenen Notlandung geworden bin, ein verbeultes Denkmodell, das auf der Suche seines Selbst ist und schon da ins Straucheln gerät, wo es sich erinnern soll.

Inzwischen reise ich mit dem leeren Gepäck von Utopien und komme mit Realitäten ins Benehmen, die zu einer Begegnung besonderer Art werden. Laufe Gedanken hinterher, die einem aufgebrachten Kindergarten ähneln und kaum dazu angetan sind, sie ernst zu nehmen. Einstweilen sogar sehe ich mich dem Ende meiner bürgerlichen Dienstbarkeit gegenüber, versuche zu rekonstruieren, wie die künftigen Versorgungsbereiche meiner Seele auszusehen haben und beschließe, keine Torheiten auszulassen, um den Verwandlungskünsten dieser Welt zumindest das Gefühl fairer Zusammenarbeit zu vermitteln.

Der Narr hat viele Gesichter, keines aber, hinter dem er sich letztlich verstecken kann. Das, was wir Existenz nennen, ist ein kurz bemessener Aufenthalt zwischen Traum und Traum. Zugegebenermaßen wird es bei dieser Inflation von Unvermeidbarkeiten immer schwieriger, die Verständigung zu sich selbst aufrecht zu erhalten. Es ist, als klappte ich die Landkarte des Bewusstseins über meinem Kopf zusammen.

Nun habe ich den Vorsprung ins Leere zweifelsohne herausgelaufen und das tatsächliche Leben in die Nähe des Nichts verfrachtet, vielleicht sogar in die Welt der Eventualitäten verlegt, dorthin, wo der Tag in den Rachen eines Löwen steigt und der Autor Mensch wie eine Nachtigall zu singen beginnt.

Überdies heißt der eigentliche Wahn Xetex, gepaart mit der Befürchtung, dass er die Welt zu einem Spielzeugladen genetisch aufgebesserter Naivitäten auserkoren hat. Jenes beängstigende Vorgefühl, dass dieses Leben irgendwann nicht mehr von uns persönlich geführt wird, und dass alles, was wir Orientierung nennen, Begegnungen sind, die sich im flüchtigen Aufwand von Nachdenklichkeiten verbrauchen werden. Und wenn ich vermuten sollte, so hat Xetex bereits das Nadelöhr verlassen und der Esel die bittere Erfahrung gewonnen, Gott habe dieses Wunder zunächst einmal ausnahmslos für ihn persönlich aufgespart.

Morgen oder gestern, das ist die Zeit, da wir uns über die Wirklichkeit hinaus verschuldet haben, der Augenblick, da wir, gleich dem Fragezeichen in uns hängengeblieben sind, mutwillig und nachlässig. Wir sind ein Gesicht, das schaut ohne gesehen zu werden, ein Wesen, das Gestalt annimmt ohne zu existieren, das nach dem Willen der Gleichgültigkeit ausgerichtet ist, mit dem Spiel des Lebens an der Hand und dem Leben als Spiel.

An einem Tag, da sich die Erde in der Glut blind atmender Häuserfronten verzehrt und die Befürchtung erwächst, von der Umgebung assimiliert zu werden, aufgesogen von einem Kollektiv der Humorlosigkeit, in dem jeder das Du anbietet und sich jeder dort einfindet, wo er gerade hingestoßen wird: zum Nachteil aller, gleich einer lebenden Treppe, über die man schreiten muss, wenn man nach oben will.

Du, das sind wir, unsere gemeinsamen Träume und Gefühle, alles das, was wir zusammen verleben, beschädigen und erleiden. Wir sind unser gegenseitiges Schicksal und wir müssen zueinander rücken, wenn jeder zu seinem Platz kommen möchte. Du, das ist die Vermarktung eines tausendfachen Konterfeis, eine übermächtige Kultfigur mit dem magischen Vermächtnis, die Ursuppe der Gene längst nicht zu Ende gelöffelt zu haben.

Aber wir sind auch Xetex, die tiefgefrorene Arroganz im vereisten Lächeln dieser Welt, jene geistige Übergröße; ein Dinosaurier totaler Erinnerung, vielleicht sogar ein gottgesandter

Computerguru, zurechtgeschminkt für eine andere Wahrheit, mit dem Versprechen, die Menschheit für eine bessere Zeit zu programmieren.

Alles ist angesagt, vielleicht sogar das Finale der exemplarischen Botschaft Mensch. So präsentiert sich Xetex als Riesenstaubsauger missglückter Möglichkeiten, als der erste Maschinen betriebene Messias, dem die stückweise Vereinnahmung menschlicher Intelligenzen am Herzen liegt. Und wer weiß, vielleicht als Verwirklicher dessen, was unser ureigenstes Anliegen ist. Xetex als Leitmotiv unseres Vertrauens, die Musik zu jedem Werbespot, das Cantabile der Lust, die Käuflichkeit jener Wahrheit, in der wir zu leben gedenken.

Er ist die Mutter aller Mütter und die Mattscheibe aller Machbarkeiten und er ist das Produkt körperfremder Identifikationen, das Vorbild jener Wesen, die die Welt sitzend erleben, sich von Bildern und Legenden ernähren. Er ist die Kamera aller Ungeheuerlichkeiten, ein Zeitraffer für Betrachtungen, er ist die Taste der Fernbedienung Mensch. Und er ist der eigene Film, in dem wir spielen, wir sind alles, was er sein will, die eigene Geschichte und die der anderen. Wir sind das, was sich aus Bildschnitten zusammensetzt, die Illusion aller Unerklärbarkeiten.

Wir, das ist der Alltag, den wir in die Zukunft verlegt haben, das Brachland, worauf Xetex seine Baupläne ausbreitet, jene kopflosen Schatten, aus denen die Konversationen herausgefallen sind. Du und wir, das sind die Statuen, die man zum Tanzen bringt, ohne dass sie Leben in den Beinen verspüren, das sind die Halluzinationen, aus denen Schaufenster gemacht sind. Reklamewände, die darauf losmarschieren, ganze Stadtteile niederzutrampeln und aufzufressen. Manchmal ist es dann auch nur unsere eigene Unentschlossenheit: Wir stehlen uns in eine Art Trance hinein und genießen es, uns zu entmaterialisieren, wir bekleiden uns mit innerer Gleichgültigkeit oder fischen uns als Leiche aus einem vor sich hin modernden Hafenbecken.

Die Frage also, inwieweit die Wirklichkeit noch wirklich ist, entbehrt nicht der Tatsache, dass wir sie vor einer Weile bereits aus den Augen verloren haben.

Nichts ist unmöglich, wenn es nur genügend sinnlos ist. Inzwischen gehören wir zu den Geistern, die sich spukenderweise aufgemacht haben, ihre Unsichtbarkeit zu feiern. Wir haben die Normalität erfolgreich bekämpft, uns in den Text des Wahnsinns hineingelebt und ganz gleich, welche Gedanken uns noch erreichen, wir werden sie mit unserem Hochmut vernichten.

Offensichtlich ist es nun so, dass ich das Kuriositätenkabinett bis in den letzten Winkel durchforstet habe und zu dem Ergebnis komme, dass die schöneren Dinge des Lebens wohl doch nur als Musik zu hören sind, wenngleich es sicherlich müßig wäre, den Rest meines Weges absingen zu wollen. Zum einen wird es erforderlich sein, mit der schiffbrüchigen Welt fertig zu werden, zum anderen hege ich den Verdacht, wieder einmal die Flucht vor mir selbst angetreten zu haben.

Keine besonders guten Voraussetzungen für den Schutz des eigenen Kopfes gegen weiteren Missbrauch. Zweifelsohne hat das Unternehmen »Dasein« keine Ausgänge vorgesehen. Es bleibt also nur zu hoffen, dass sich der Verstand gnädiger zeigt als die Gedanken, die er reitet. Alles deutet darauf hin, dass wir die Wiege menschlichen Verständnisses zu einem Monster aufgeschaukelt haben.

Erstaunt bin ich allerdings darüber, dass sich die Schauplätze dieses Szenarios so derart hautnah einfinden. Kaum ein Produkt, das nicht in irgendeiner Weise mit dem Namen »Xetex« verbunden ist, entweder im coolen Outfit eines Gentleman, als Zeichentrickfigur in einem Computerspiel oder als Gütesiegel auf Strumpfbändern und Büstenhaltern. Er ist alles, wonach man greift, das ureigenste Porträt dessen, woraus unsere Wünsche gemacht sind.

KAPITEL 19

Zeitweise kommt mir der Gedanke, meilenweit von mir selbst entfernt zu sein. So stehe ich vor meiner Vergangenheit wie ein müdes Kleidungsstück, total ausgetragen und so fremd, als sähe ich mich zum ersten Male darin. Es gibt also gute Gründe, mich zu erneuern, letztendlich mit meinen fünf Sinnen und dem Ziel vor Augen, meinem Wesen so ähnlich wie möglich zu sein. Und also verordne ich meinem Willen die Eleganz, mich wieder etwas mehr der Schwerkraft des Herzens zu besinnen und beschließe, die Historie meines Gedächtnisses auf den Tag zu verlegen, da ich Xetex auf die Konfektionsgröße eines Wellensittichs zurückschneidern werde, zumal mir bewusst geworden ist, dass des Rätsels Lösung in meinem elterlichen Haus beheimatet sein muss.

So bringe ich dann auch die letzten Meter im Eiltempo hinter mich und beginne zu forschen, was es zu erforschen gibt, wobei mein Augenmerk immer wieder dem Schachspiel gilt. Irgendetwas scheine ich bisher übersehen zu haben, etwas, das sich nicht damit begnügt, ignoriert zu werden. Und also gebe ich mich der hehren Moral hin, dass das Unbewusste sich als einfallsreicher erweisen möge, als das Bewusste wahrhaben will, entnehme dem Schachspiel die Diskette und speise damit den Mastercomputer.

Ein Geschehen, dem sich Xetex offenkundig nicht entziehen kann, das ihn dazu veranlasst, sich über den Bildschirm zu melden. So gibt er unter anderem zu verstehen, dass ihn meine Aktivitäten beunruhigen, nicht zuletzt, da dieses Spiel zu Ende gespielt sei und nur die Privilegien gefährden würde, die ich derweil bei ihm genieße. Was immer ich also in Erfahrung bringen möchte, es schade dem offenen Konsens und schüre die Wahrscheinlichkeit, die vertrauensgebundenen Vorsätze wieder mit dem Trödelmarkt der Vergangenheit ins Benehmen zu bringen. Und dies, zeigt er sich weiterhin skeptisch, könne ja nicht der Weisheit letzter Schluss sein, nichts wäre schädlicher als das Neue mit einem alten Irrtum zu erwecken. Die Logik kann es also nicht sein, dass die Uhren weitergehen und der Mensch stehen bleibt. Alles das, was mein Vater der genetischen Arche an Wissen und Erfahrung habe zukommen lassen, sei es wert, beachtet und verteidigt zu werden.

»Aber es ist nicht Xetex' Spiel«, erwidere ich, »sondern das seines Schöpfers, und welche Gründe auch immer vorliegen mögen, sich in Ungewissheit zu wiegen, es müsste schon in seiner Akzeptanz liegen, dass dieses Match mit der Korrektur des Triumphes zu Ende geführt wird.«

Und ohne nun den Eindruck zu erwecken, ich wüsste mehr als er, erläutere ich ihm die Positionen, spiele die einzelnen Züge nach und weise darauf hin, dass es darum geht, den abtrünnigen Läufer auf die richtige Position zu bringen.

»Das Ergebnis«, so Xetex, »kann nur den Sieg eines Einzelnen über sich selbst verkünden und kaum dazu auserwählt sein, sich mit neuen Erkenntnissen zu schmücken.«

»Und es ist der Erfolg Weiß gegen Schwarz«, erkläre ich, »gegen eine fiktive Figur, die sich mit dem Wissen seines Gegners brüsten kann. Vor allem aber wird die knifflige Seele gewogen sein, die Vergangenheit näher an die Zukunft zu rücken, ganz einfach des Vergnügens wegen, zu lösen, was zu kombinieren ist und zu kombinieren, was der Effizienz des Denkens entspricht, letztendlich, um den Schritt nachzuvollziehen, der dieses Match beschließt.«

Gebe Xetex darüber hinaus den Rat, sich ebenfalls dieser Frage zu stellen. Klicke die entsprechende Position an, segne sie mit dem Sterbestoff der Auflösung und harre der Antwort, die sich bisweilen wohlerzogen im Hintergrund versteckt hält.

Zu meiner Überraschung geschieht dann zunächst nichts, was einer Sensation gleichen würde und doch alles, was mich für den Moment befriedigt. Der König in Schwarz befindet sich im Matt und Xetex' Konterfei zerfällt in seine Bausteine. Offensichtlich stehe ich im Augenblick dem Unbegreiflichen näher als der Realität dessen, was passiert ist. Und erst nach einer Weile wird mir bewusst, dass ich Xetex damit das Handwerk gelegt habe. Diese Tatsache bestätigt sich in der Mitteilung meines Vaters, der mir über den Bildschirm zu meiner Schlussfolgerung gratuliert und das Geschehen mit den Worten besiegelt, dass die Summe aller faktischen Möglichkeiten nicht die Qualifikation menschlichen Geistes erreichen kann und nur die leidliche Variante eines universellen Bewusstseins nachzeichnet, wohingegen der Geist mit der unauslöschlichen Parabel des Universums vermählt ist und immer noch einen Schritt weiter denkt. In diesem Sinne, wie er meint, sollte ich mich getrost zurücklehnen.

»Das nächste Dasein findet wieder im gleichen Kreise statt, dann mit etwas weniger Aufregung und mit etwas mehr Zeit zum Schachspielen.«

Für einen Moment habe ich das Gefühl, in meine Kindheit zurückgefallen zu sein, als wollte mich der Tod verstoßen und das Leben noch nicht haben, was dann auch zu der besorgten Reaktion führt, meinen Körper auf seine Wahrhaftigkeit hin abzuklopfen. Es ist, als wäre ich durch einen finsteren Tunnel gegangen, um am anderen Ende erleuchtet hervorzukommen. Dennoch will mir nicht in den Kopf, hiermit das Aus Xetex' bewirkt zu haben; was zwischenzeitlich im Bewusstsein der Menschen herangewachsen ist, wird seine Früchte fordern und zu der Befürchtung Anlass geben, der Zug könnte den Bahnsteig bereits vor einer Weile verlassen haben.

Derweil ich diese und andere Überlegungen an Bord ziehe, mich der lapidaren Hoffnung verschreibe, den Schritt in die richtige Richtung vollzogen zu haben, stehe ich urplötzlich vor einer neuen, wenngleich angenehmeren Überraschung. Da öffnen sich plötzlich Türen mit dem besonderen Gefühl eines totgeglaubten Lebens, mit Perspektiven totalen Lächelns und der Illusion, eine Prinzessin eingefangen zu haben. Diesmal jedoch versuche ich nicht zu leugnen, was ich sehe, auch wenn die Botschaft auf einer ungewöhnlichen Wolke anreist und mich für einen Augenblick in Fesseln legt. Ich begreife, dass das, was sich mir offenbart, die Wirklichkeit ist, die mir gestern noch verwehrt blieb. Und welche Geister könnten es auch schon sein, die sich zu Umarmungen hinreißen lassen, diese müssten wohl erst noch erfunden werden.

Kaum etwas, das nicht meine Anwesenheit fordert und meine Sinne in Betrieb nimmt. Ich spüre wieder den Atem der Zeit, die Sprache, die zur Politur meiner Erinnerung wird und ich spüre, dass ich zu Hause angelangt bin, dass die Gestalt, die mich fordert, so real ist, wie sie nur erscheinen kann, wenn man selbst von den Toten auferstanden ist.

Zum Glück gibt es also dieses besondere Lebensgefühl, das alles zusammenpackt, das sich aufmacht, der staunenden Wortwelt mit konkreten Konturen und Maßstäben ins Gewissen zu reden, sich mit Körperlichkeiten ausfärbt, die an einen Schmetterling erinnern oder an einen Kometen, der aufglüht, um sich in der Atmosphäre zweier Seelen neu zu entziffern.

Nachdem ich nun meine Aufregung um ein paar Umdrehungen zurückgeschraubt habe, die aufgeschreckten Sinne wieder zu meinem Körper finden, gibt mir die angeflogene Schönheit zu verstehen, dass sie der tropfende Wasserhahn sei, den ich zurückgelassen hätte, die Nonne, die mich abends ins Gebet schloss und mit dem geheimen Verlangen, größere Wohltaten zu empfangen, nicht einschlafen konnte. »Diese Tage«, zeigt sie sich nachdenklich, »waren so verloren, dass man nicht behaupten konnte, sie gelebt zu haben. Wo die Liebe mit den eigenen Stimmen ins Bett geht, bekommen die Wände Ohren und die Fenster lange Nasen.«

»Es ist schon erstaunlich«, erwidere ich, »für was das Leben herhalten muss, wenn man auf der Stelle tritt. Die Geschichte, die ich als Vision erlebte, lässt sich weder erklären noch bereinigen, wollte ich es dennoch versuchen, stünde ich sehr bald wieder am Ausgangspunkt aller Überlegungen.«

»Rätsel, die sich nicht lösen lassen«, bleibt sie bei ihrer Erregung, »sollte man nicht noch dadurch entgegenkommen, dass man ihnen die Antworten beschneidet. Wer sich unwissend stellt, ist längst nicht aus der Verantwortung.«

Andererseits müsste ich doch gespürt haben, wie sehr sie auf ein Zeichen von mir hoffte, zumal sich meine Befürchtungen hätten erübrigen müssen, da der Blätterwald der Gazetten mehr als ausführlich darüber berichtete. Aber wie so oft hält die Seele fest, wonach sie schreit. Vielleicht kam mir das Ganze ja auch gelegen und ich genoß den Nebel, in dem ich entschwinden konnte.

»Das heißt«, schließe ich auf, »dass das eigentliche Thema samt Täter hinter Gittern sitzt, und dass ich einer gutgemachten Inszenierung auf den Leim ging.«

»Womit du getrost wieder in den vorderen Teil des Gedächtnisses zurückkehren kannst«, sucht sie meine erstaunten Blicke auf, »was an diesem Tag passierte, geschah auf einer anderen Etage, leidliche zwölf Stufen, die offenbar dazu ausreichten, ein Komplott gegen dich zu starten.«

»Es gibt Situationen«, erläutere ich, »die der Last ihrer Früchte solange gewogen bleiben, wie sie vor sich hinreifen und solche, die im Wind stehen, sich kahl rütteln lassen und eigentlich nie genau erfahren werden, was ihnen da angewachsen ist, beides trifft wohl gleichermaßen auf mich zu.«

»Dieser Augenblick«, erwidert sie, »besitzt die Kraft, etwas zu erneuern, das Spielfeld ist frei für neue Bälle. Und was sich nicht erklären lässt, sollten wir mit unseren Gefühlen bemessen.«

Verweist auf die Tatsache, mich stets mit der Qualität ihrer Besorgnis bedacht zu haben und versichert, künftig wie ein Leuchtturm über mich zu wachen, sowohl physisch als auch im Blendwerk seelischer Verirrungen.

Schwebt plötzlich über mir, wie zu einer anderen Wirklichkeit gemacht, gleich zart wie zerbrechlich, aber auch stolz und entschlossen, mit dem Licht einer Glasgöttin, mit Augen, die sich auf die Umlaufbahn von Sonnenbögen begeben, ganz, um sich darin zu verfärben. Kaum etwas, das zwischen ihr und mir noch Platz freigibt, gerade soviel, dass sich unsere Bewegungen darin verfangen können, nichts verloren geht, was sich aus der Sprache unserer Ungeduld zusammensetzt. Und auf ihren Lippen der Geschmack puren Seins. Ein Verlangen, das dazu ausersehen ist, voneinander Besitz zu ergreifen, etwas, das in Sturm gerät, um sich daran festzuhalten, sich steif macht, mich an die Segel stürmischer Leidenschaften zu binden. Ein Spiegel, der für alle Eitelkeiten da ist, sich mit bizarren Brüsten hervortut und gewinnt, um mir den Sieg zu schenken.

Dies alles, um unsere Körper zu vereinen, mit Flügeln zu versehen, die gewichtig aufeinander schlagen, sich öffnen und schließen, immer höher hineinfliegen in den Atem totaler Begegnung. Sich mit federzarten Schneewolken vermählen, zu geheimnisvoll streichelnden Händen werden, die keinen Bereich unbeachtet lassen und auch die entlegensten Wünsche ihren Verstecken zu entlocken vermögen.

Mir ist, als ginge ich aus tausend Umarmungen hervor, aus einer sich heftig aufbäumenden Brandung, mit unzähligen Tropfen meines Selbst und der Empfindung, meinem Körper noch nie so nahe gewesen zu sein. Ich spüre, dass alles in mir zu wachsen beginnt, meine Haut sich zu einem Kontinent entfesselt, mit völliger Nacktheit und der abenteuerlichen Brise, sich neu darin zu entdecken.

Immer hemmungsloser drängen wir einer gemeinsamen Entstehung entgegen, mit tief greifenden Veränderungen und der kosmischen Poesie, dass man zu zweit nicht so schnell verloren geht.

Dann wieder sind es die Sterne, die darauf warten, mit unserem Mund gepflückt zu werden, die unseren Atem freimachen für die Geheimnisse unserer eigentlichen Herkunft, für eine Sehnsucht, welche die Sprache des Lichtes kennt, uns hineinschreibt in die Biografie übersinnlicher Botschaften, wo Hände zu Blättern werden und das Gefühl vermitteln, aus der Sensibilität vieler Geburten hervorgegangen zu sein; aus dem Alphabet jeglichen Seins und den endlosen Gestirnen dahinter, nicht zuletzt aus dem Glanz ihres gebräunten Körpers, dem Licht ihrer goldenen Haare, ihren türkisfarbenen Augen. Dies alles hat den

Blick des Weltalls voraus und ich spüre, wie sie meine in Brand geratenen Worte ins Leben zurückholt, jene tausendfach bewegten Zuneigungen, die so eng geknüpft sind, dass nur wir beide darin Platz finden, mich hineintragen in eine Galaxie unverwundbarer Vertrautheiten, mich einschließen wie eine Düne, die nach innen zu rieseln beginnt, voller Leidenschaften und der magischen Kraft, sich neu darin zu entdecken.

Das ist der eigentliche Atem unseres Daseins, bestehend aus der Verankerung zweier Herzen und der Gewissheit, die Zeit einfangen zu können, einfach so mit endlosen Umarmungen, sanften Küssen und einer Hand voll Ewigkeit. Ich spüre, wie sie die Schwermut aus dem vergitterten Gefängnis meiner Seele vertreibt, mir die Handschellen abstreift und den Wahnsinnstrommeln des Blutes ihren Körper zurückgibt. Und ich genieße ihren zarten Lavendelduft, ihre morgenfrischen Brüste, ich sehe die Schönheit jener Farben, denen der Schmetterling seine Existenz verdankt, die Schwingungen des Universums, mit denen ihre Flügel zu vibrieren beginnen, ihre poetischen Stimmen, mit denen sie die Last der Leere überwinden. Ihre Zuneigung, mit der sie meine Träume aus dem Staub zieht, mich über die Grenzen des Weltalls hinauswachsen lässt und zum Lexikon längst vergessener Worte macht. Ihre endlose Gewogenheit, die mich hineinblättert in das Buch meiner ureigensten Sprache, die mich zurückholt aus dem Morgen, das gestern war, mich sichtbar macht für alles das, was in der Ferne meiner Zukunft verborgen liegt.

Fine

Gedichte

IN TRÄUMEN GEBOREN

Über der Erde schwebend
und in Träumen geboren
entdeckst du dich nahe der Quelle
des Seins

ein Sternreisender, der die Welt
in seine Hände gelegt hat
jemand
der jenseits von Raum und Zeit geboren scheint
und vor dem Lichte sieht
was sich dahinter spiegelt
der überall
und nirgends zu Hause ist
der die Zeit im Morgen
des Gestern lebt.

2001 ISBN 3-8311-1556-7

Aus der Trilogie: *Ein Morgen, das gestern war*

Geniale Debütanten

»Geist ist überall Geist, wie Licht, das überall Licht ist«, verkündet Astronaut David Fisher. »Dieses Universum hat unsere Sprache voraus, die goldenen Partituren der Künste, allen Wissens und jeglicher Fantasie, aber auch die Stimmen der Finsternis, die Mächte des Profits und Verderbens.«
Und da die Gefahr dort beginnt, wo das Verständnis anderer aufhört, wird für ihn mit einem Male alles Geschehen zur Flucht, spürt Fisher den tödlichen Windhauch, der ihn jeden Moment in die dünne Wirklichkeit seines Schattens blasen könnte.

2001 ISBN 3-8311-1813-2

Syndikat der Engel

»...dann das Unausweichliche, das Licht verglimmt, und das Paradies fällt zurück in den Kerker der Nächte. Das Einzige, was die Schwärze noch hergibt, sind ihre weißblanken Schenkel, die glitzernde Brandung in ihren Augen und die mörderisch eingekrallte Hand eines Schattens, unbarmherzig verwurzelt mit einem Dolch, der süchtig sein Ziel sucht und mit jedem bisschen Funkeln daran erinnert, dass er der Schmiede der Finsternis seine gnadenlose Kälte zu verdanken hat.«
So unwirklich die Morde inszeniert sind, so widersinnig scheinen ihre Motive. Im Banne dieser mysteriösen Ereignisse glaubt Kriminologin Bellana an ein Verbrechen über das Internet, nicht zuletzt durch die Anfälligkeit fanatischer Konsumenten, die den Computer als Mutterleib ansehen, den digitalen Kosmos in ihren Adern spazieren führen und nur noch annähernd sich selbst sind.
Einmal in diesem Netz gefangen, verwischen die Konturen zwischen Realität und virtueller Wirklichkeit, zwischen Jäger und Gejagten, zwischen Opfer und Täter.

So verstrickt sich Bellana im Laufe ihrer Ermittlungen in den Fängen dieser Machenschaften, jenem unbarmherzigen Syndikat namens »Schwarze Madonna«, das sich zum Ziel gesetzt hat, den Globus Erde telepathisch zu umspinnen und zu entmachten.

2002 ISBN 3-8311-2935-5